当代作家精品／小说卷　主编　凌翔

有一些故事
只讲给深情的人听

黄小邪　著

民主与建设出版社
·北京·

图书在版编目 (CIP) 数据

有一些故事只讲给深情的人听 / 黄小邪著 . —北京：
民主与建设出版社，2021.3

ISBN 978-7-5139-3421-3

Ⅰ. ①有… Ⅱ. ①黄… Ⅲ. ①中篇小说—小说集—中
国—当代②短篇小说—小说集—中国—当代 Ⅳ.
① I247.7

中国版本图书馆 CIP 数据核字（2021）第 045909 号

有一些故事只讲给深情的人听
YOU YIXIE GUSHI ZHI JIANGGEI SHENQING DE REN TING

著　　者	黄小邪
责任编辑	周佩芳
封面设计	陈　姝
出版发行	民主与建设出版社有限责任公司
电　　话	（010）59417747　59419778
社　　址	北京市海淀区西三环中路 10 号望海楼 E 座 7 层
邮　　编	100142
印　　刷	三河市龙大印装有限公司
版　　次	2021 年 5 月第 1 版
印　　次	2021 年 5 月第 1 次印刷
开　　本	710 毫米 ×1000 毫米　　1/16
印　　张	15.5
字　　数	200 千字
书　　号	ISBN 978-7-5139-3421-3
定　　价	59.80 元

注：如有印、装质量问题，请与出版社联系。

谨以此书

献给我没有什么成就的青春

推荐序　烟火气中的平凡和不凡

　　渐入中年，深感人生最大的困局，是既害怕千人一面的平庸，又承受不了迥异常人的不凡，前者意味着随波逐流的妥协，而后者，往往意味着危险、动荡，和深入骨髓的孤独。黄小邪的文字恰在两者之间，写烟火气中的平凡人，和那一点点的不平凡，摇曳生姿，像蝴蝶的一振翅，于阔大的世界毫无影响，于某个人心中，却是拼尽全力的一击。如狂风巨浪，顷刻便可使山海翻覆；又如一朵花开，惊心动魄，却只落在关注她的人眼中。

　　那是人生中最幽微的闪光，或喜或悲或嗔或痴，却值得被纪念，因为唯独这些最纯粹的情感，能刺透生活的迷雾，振聋发聩，直抵内心。

袁子弹

　　袁子弹，作家，著名编剧，代表作小说《国歌》，电视剧《杀熟》《下海》《日出东山》《欢乐颂》等。

推荐序　青春仓促，却不苍白

　　所有的结局都已写好／所有的泪水也都已启程／却忽然忘了是怎么样的一个开始……无论我如何地去追索／年轻的你只如云影掠过／而你微笑的面容极浅极淡／逐渐隐没在日落后的群岚……含着泪／我一读再读／却不得不承认／青春是一本太仓促的书……

　　那年那月，我曾一遍又一遍地坐在窗前，咀嚼着这味如青橄榄的忧伤诗句，清亮的双眸穿过清风白云，向往着诗意的流浪和远方。我用那样的方式，匆匆翻过那本青春的书，一转眼就走进中年的行列。

　　"我曾以为，仓促的青春里那些沾沾自喜、誓必珍惜的情谊，已经败给时光飞速的腐朽。可多年后，那些素白信纸上，用纯蓝墨水写下的青葱回忆，又随着青橄榄，再次蔓过味蕾，涌向心尖。"（《青橄榄》）

　　多年后，同样一个风轻云淡的秋日午后，我轻轻打开了另一本关于青春的书——九零后作家黄小邪的《有一些故事 只讲给深情的人听》，记忆的闸门竟然倏忽被打开，往事如潮，酸酸甜甜自心底涌上来。青衣白裙，长发飘飘，一把吉他，一辆单车，便有了走天涯的壮志凌云。原来，老去的只是一代一代的人，不老的是那一份青春的记忆与感觉。一个行走在中年行列的女子，再一次跟随她的文字，体会了青春的种种悸恸。那些淡淡的甜蜜，那份淡淡的忧伤，那一场永无回程的青春旅行里，散落下的缤纷落英让我不忍释卷……

我为她笔下那一个个旖旎动人的故事所吸引，更叹服于她字里行间蜿蜒流淌的灵性。人到中年，阅读的口味越来越刁蛮，甚至古板。可小邪的文字，一如她的人一样令人轻松。

我与小邪，由陌路而朋友，由朋友而师生，相识时间并不甚长，却似是前生注定的情缘，一见竟有恨晚之意。海滨岛城某次笔会上相识，彼此还很陌生。可她那双会说话的大眼睛，以及略带羞涩不安的语言表达，组成一种矛盾又奇特的感觉，瞬间击穿我的心灵盔甲。

我曾固执地在七零后与九零后之间画了一道人为的鸿沟。这帮一出生就被浓稠的爱与呵护包围的孩子，在我眼里总是有那么一些不靠谱儿。小邪却以自己的方式为他们九零后代言。她学过表演，做过文案策划，也曾背着一部单反相机，大东北大西南，欧洲美洲东南亚，满世界跑。在她娇小的身躯里蕴藏着让人吃惊的能量，也蕴含着让人吃惊的才华。她在纸上随手涂鸦，再配上三言两语，便引得粉丝无数。她身上有着与年纪不相称的成熟与气场，但她有时又分明是个孩子，说话行事单纯得让人疼惜。

"明明可以靠颜值吃饭，却偏偏要靠才华。"这句话于小邪来说，不是玩笑话，她原本真的可以。可她却选择了另样的一条路。南国小城，她骑着一辆电单车，戴着大大的斗笠，在烈日炎炎下登门给客户送花。家庭的困窘面前，她选择同父亲母亲在一起，守着那家小小的花店，只为想与家人一起守一份静好流年。

她一边开花店，一边读书写作，靠自己的劳动，过自己想要的生活。那份浓淡相宜的生活态度，有时连我也不得不羡慕。

《有一些故事 只讲给深情的人听》，是小邪的第一本短篇小说集。十一篇情感小说，关乎友情、爱情、亲情，故事或忧伤或温暖，亦真亦幻，亦可说是她对自己青春旅程的深情告白与总结。在这里，你跟她一起看柬埔寨的日出日落（《等不到的日落》），一起去体味异域风情（《印度阿山》），一起在云南大理的扎染坊里见证一场让人忧伤的爱情故事（《知己》），也为那些一起跑龙套的表演系男生女生的友情而落泪（《演员》）……她把自己曾经的生活经历、旅行见闻镶嵌进一个个精彩的故事，一种特别的生命力又让那些故事变得五彩斑斓。

当年曾痴迷于三毛的《万水千山走遍》，便是因为三毛笔下的万水千山都带有生命的温度。小邪的这本书，亦是一份有温度的游历，她带你游历万水千山，亦游历每个人都曾有过的青春岁月。不能不说，他们这一代年轻人，与七零后的我们，还是有了太多的不一样。他们更勇敢，更趋天马行空，清楚自己想要的是什么，然后便是义无返顾。所以，他们的青春，虽然依旧仓促，但却一点也不苍白。他们在尽最大努力地发掘着青春的能量，他们向往诗与远方的时候，会打上一张机票，背上简单的行囊就出发。他们的青春里，有晦涩，有挣扎，但更多的是勇敢，是海阔天空以后的风轻云淡。

"人真是趋光而行的生物，只要有一束光照进怀里，再大的事都能一下子心安。这束光让我们栉风沐雨，如蛾扑火，伤痕累累，无怨无悔。"（《趋光而行》）

"有种人，胸有雷霆万钧，唇齿云淡风轻。有种人，并不讨人喜欢，却特别让你心疼。有种人，与你身手相连，心却隔着远阔天涯。康松就是这种人。"（《等不到的日落》）

小邪用自己一双慧眼观察世事，用一支灵动的笔记录人情。吾手写吾心，能准确而恰切地用文字表达所感所悟，于一个写作者来说是幸福的事。

关于青春，有太多太多的描绘。青春，是一本太仓促的书。席慕蓉这本"太仓促的"青春之书曾让多少人为之心醉神伤。青春，是一首唱不完的歌，惹得古今中外多少文人墨客为之吟诵不止。在我的眼里，青春则是一场向着诗与远方的旅行，却只有去路无有归途。纵马扬蹄，我从你的世界走过。苦也好，甜也罢，这是一趟没有回程的旅行。所以，所走过的每一处风景，都值得我们刻骨铭记。

在小邪的这本新书即将付梓之际，小邪嘱我为她的新书作序，仓促成文，文粗字糙，谨以此表达我对小邪姑娘的祝福。天涯路远，愿小邪珍重珍惜。

2016 年国庆于桂林

梅寒，著名作家，已在《读者》《意林》《妇女》《婚姻与家庭》《百花园》《小小说选刊》等各大期刊发表美文、小小说近百万字。已出版人物传记《最好不相忘：张爱玲传》《韶华如诗，林下美人：林徽因传》《人间多少惆怅客：纳兰容若传》《知行合一：王阳明传》《曾国藩传》及散文随笔、亲子读物近二十部。

推荐序　万物如此多情

　　我与黄小邪结识三年有余。大伯莫言说过："认识三年还保持联系的人，那就值得请进生命里。"我十分珍惜与小邪的这份情谊。近日听闻她要出书，由衷地为她感到高兴，也很荣幸为她作这篇序文。

　　初读这部小说，就让我有一种熟悉而亲切的感觉，让我一下子走近了小邪的心灵世界。她是个明媚而又极富有个性的丫头，被国学大师季羡林誉为"有幽兰香气的女子"。真实生活中的小邪十分吻合这个形容。她是从北京电影学院进修出道的，并且在国内多家著名杂志社、报社担任过编辑、作者，是个地地道道的才女。她热爱生活，喜欢旅游，喜欢和世界上美丽的风景在一起约会。在北影毕业后的她去了比南方更南的马来西亚游学。三年以来她是我遇到的少有的，既有个性又保持纯真情怀的女孩。她笔下塑造的一切，是那么让人感到温婉、美丽与甜蜜。

　　黄小邪的小说离不了一个"漂"字。她的家在她的脚下，是海角天涯，也是咫尺之间。书中处处笔端流淌着一个至真至诚的年轻女子的静水深情。看到她集结成册的这些作品，我对黄小邪的了解愈加清晰了，作者一颗勇敢坚毅和丰富的心是自小植根的，包含着她对自然、对社会、对生活的挚爱。

正因为全书所体现的这种情怀使我感到黄小邪这个青年温暖而热切的心。一棵小草，可以触发无限遐思；一阵春雨，可以多几分对生命的叩问；一盏孤灯，可以瞥见她的静谧的心怀。大洋彼岸的万物，在她的眼里，从来都是如此多情，只是生命的形式不同而已。全书清新隽永的文字不经意间让人可以嗅到丝丝淡雅的芳香，可以领悟到一种触动心灵的意境。

前几天我们聊到这本书，聊到日后，她告诉我，岁月悠长，衣衫单薄，许多未来无法预知，许多不幸无法抵抗，人生其实没有什么来日方长，也许早几年出发，情景、心境也会大不一样吧。缘此，我可以感受到她朴实丰富的心田，即便对生命有种妥协，也挡不住对美好愿景的信任。

2016 年于合肥

伍宇鹏，安徽省辞书学会副秘书长，中国诗词协会理事，中国青年文学会副会长，中国青年文艺家协会名誉会长，汉服复兴促进协会副会长，安徽省中小学文学社联盟首席指导，北京国文社文化传播有限公司CEO。

目　录

等不到的日落

他是莽撞的猛虎，却永失驯服他的蔷薇花。有人见他披荆斩棘的勇气，却无人疼他冰冷盔甲包裹的柔情。

（一）

柬埔寨的夜风将我刮醒。

风停后的夏夜恢复岑寂，不知名的植物奇香在空气中浮动，起来关窗，隐约听见隔壁情侣还在为"婚纱照是不是爱情最后的仪式感"而争执不休。

当地时间，夜间 11 点 10 分。我盯着酒店殷红的地毯，心生恐惧。

酒店近处是一座赌场，前几日因出了一桩命案被警局查封。据说死者是个携带巨额美金的东南亚女人，想起白天客房服务员的绘声绘色，越发毛骨悚然。是的，我也刚刚被抢劫。几个小时前，在租车去吴哥窟的路上遭遇一伙持刀劫匪，不过匪徒没有缴走护照和手机，也算仁至义尽。

"你不应该随身带着那么多现金。"傍晚当地警察在接到报警后，十分淡定，然后轻车熟路将我送回酒店，嘱咐我安心等待警方消息以及请求朋友援助。

更新微博：租车看日出，被抢劫，即将流落街头。发了个哭泣的表情，并点击了定位信息。

行李箱翻了个底朝天，仅有的一点零碎现金在此时发光发热，耐不住饥肠辘辘，抓起外套，跑进夜市搜食。付钱时，向当地商贩打听周边好去处。英文在此地并不普及，面对商贩的比画，我一头雾水。

"如果不介意，明天我们结伴去吴哥窟吧？那一定是个不错的去处。"

一袋啤酒从我身旁递过，我扭头看见那张脸。为啤酒买单的男孩血统丰富，有着深色皮肤和深刻轮廓，他穿着时髦前卫，谈吐风趣快活，裸露的手臂有大片英文刺青，握起一罐酒下肚，又滔滔不绝地向我分享旅行趣事，可我哪有心思在意他的旅程，索性蹭了点食物，敷衍一通后碰"杯"告别。回到酒店便将此人加入通讯黑名单。

"自讨苦吃，谁叫你脑子不正常辞职跑去拍日出？"朋友从国内发来信息。

"我该死，给我订张回国机票吧，再给我转点钱。"在我回完这条信息后，却收到一段微博私信：

"既然来了，明天再想办法去吴哥窟吧，吴哥寺的日出，巴肯山的日落应该装进你的相机。"

私信来自陌生人，并附联系方式。

"这人会不会是康松？就我们之前那个论坛版主。"凭着第六感觉，我快速将截图发给朋友。

"不好说。"

"他好像在柬埔寨？"

"不知，没联系过。"

确认朋友会给我转钱后，安心看了几档旅行节目。

"谢谢，你是康松？"思来想去，回复了这位头像为一株蔷薇花的陌生好友。

和康松早几年相识于某摄影论坛，网络交集居多，线下少有接触。那时他是版主，经常组织拍摄活动，而他对我拍摄的东西意见最多，为此我常吵着拜他为师。康松有些才气，话很少，不合群，暴躁莽撞，见谁怼谁，大家都不喜欢他的性格，我倒并不反感，反倒觉得这人有些侠气。传言那时康松三十岁不到，在成都开了一家摄影工作室。我加入论坛没多久，康松因为工作室经营不善，突然"消失"，后来如果不是论坛转发着《国家地理》的几张获奖照片，他离开后几乎不被提起。直到数月前，朋友在某个影展拍来他的作品：《日出》《日落》，拍摄地分别在吴哥窟和巴肯山。

（二）

日上三竿，我正蒙头大睡，接到旅店逐客令。

"再等等，我的朋友一旦有信号就会给我转钱来。"确定朋友电话关机后，我从昨天的趾高气扬变成今日的低声下气。

"很令人感动的友谊。但您恐怕得在两点之前补交房费。或者您可以试着联系昨天送您来的那位警官。"一个五大三粗的当地保安兼服务员委婉将我领到酒店休息区。也许因为客人实在不多，又为了显得敬业，几位彪悍保安的注意力全在我身上。我一筹莫展地看着自己那堆行李，只得硬着头皮打开微博，找出昨天那个蔷薇花头像，拨通那串陌生电话号码。

"也许是欺生，好歹假装此地有熟人吧。"我想。

"喂，你好，你是不是康松？"我试探地问。

"是。我刚看到你的回复。"

"我就知道是你，你现在有钱吗？"异国他乡，也顾不得这样敏感直白的话题，不太适合此时此刻此情此景。

"钱没有啊。"语气平淡。

"哦，谢谢，打扰了。"我立刻摁断通话。

他立刻回拨过来问："你还在那？我一会过去找你吧。"依旧云淡风轻。

"啊……你要来啊。"愣了几秒后，才敢理直气壮地瞪着那几名酒店保安。

我被腾挪至树荫下，盯着手机时钟，两个小时过去，收到两条信息。一条是朋友转款到账记录，一条是朋友的劝告。

"他那离你很远，说说而已，你还真以为他会来接你啊？你现在该干吗干吗去。玩几天，老老实实回来。"

"你忙的话就不用来了，我有钱了。等下想办法去吴哥窟。"我思来想去，还是给康松发了简讯。

"已来，别废话。"他回。

在我看完半本《人间失格》后，白日将尽，酒店对面，电线杆处突然停下一辆"伤痕累累"的海力士皮卡。车门一开，我在尘土飞扬中，认出康松，几年不见，他仿佛健硕不少，并不高大的形体添了若干赘肉，被灰尘染黄的自然卷发，长度与发量和几年前无异。他摘下墨镜，径直朝我走来。如果有镜头恰好记录，我想那刻像极港片画面。

"有点远。饿了吧？"他拍打肩上灰尘，瞟了一眼我狼狈的鞋子，却并没有正眼看我。然后不紧不慢拎起我那堆行李，将它们整整齐齐码在车后座。

"不饿。谢谢你啊。"我跟在他身后，爬上副驾驶。

"真行，你是在哪都吃亏。"这句话以前他对我讲过。大概是我倒卖二手镜头被骗两千块钱那次吧。

"好久不见。"我伸手要握。

"你没洗头？"他又问。"安全带。"他接着提示。

"和我预想的重逢不一样啊。不该先嘘寒问暖吗？"我咕哝。

"你还是喜欢在意那些没用的形式。"他塞给我一截干硬的法棍，和塑料袋包装的"简易"甘蔗汁。"不饿的话，到暹粒再吃吧。如果你明天去吴哥窟看日出，今晚必须到暹粒咯。"

"不急哈，我又不赶时间。"

"我赶。"他发动引擎。

说实话，这与我预想的见面情景不一样，两名异性文艺青年，异国他乡重逢，这样并不诗意的尬聊令人倍感失落。

康松一路上断断续续问起论坛的伙伴，却很少提及他在国外的生活。

"你怎么都不问我好不好哦？"我歪过脖子盯着他，他的眼角攀附大片小细纹。

"矫情，你就坐在我旁边，愿意说就说呗。"他笑道。"听说你们报社改制了？"他又补充。不过话题绕来绕去绕回了摄影，几个小时车程，我除了知道康松在暹粒开了一家摄影工作室外，对他的现在和过去依旧一无所知。

到达暹粒已是下半夜，康松将我领进一家设施简陋的旅馆。

"将就一晚，这离吴哥窟还有些路，一会儿老板会给你送来吃的，你马上休息，后天早上我会很早来叫你。"他哈欠连天，疲惫至极。

"你现在就走吗？"我睁大眼睛看了看四周这朱红色的败椅颓墙，不由得打了个哆嗦，又想起前几天赌场的杀人案，跳到他身后。

"放心，这家旅馆很安全，老板是我朋友。"

"那明天怎么安排？"

“明天你休息，这钱你拿着，后天我来接你。”

他跑下楼，灰色的身影消失在无垠的夜色里。不多久，我趴在窗边看着皮卡又驶回楼下。

“喂，晚上锁好门窗，自己不要乱跑。”他从皮卡车里伸出头向我挥手。

（三）

第三个早上，我果然在梦里被康松的电话叫醒。

“我在楼下，你收拾收拾，去吴哥窟。”天墨墨黑，无星无月，我开着电筒往楼下照了照，康松的车就停在路边。他探出头向我挥手。我见他对着电话小声说：“动作快点，否则赶不上日出哦。”

匆匆洗漱后，我睡眼惺忪爬上副驾驶，迷迷糊糊到达护城河时已经天亮了。康松将我从车上拽下，河边的队伍已经排成了长龙，好不容易挤进长龙，我迫不及待地支起三脚架，却被旁边的一对欧洲夫妇推开。康松上前沟通一番为我们争取了一席之地。一眼望去，河滩已经密密麻麻挤满了人。我的目光在人群中搜寻康松。

“你有多动症吗？怎么像个猴子一样跳来跳去。”一回头，康松竟背着我和他的包，站在身后揶揄。

“是别人挡着我。”

“那要不要帮你清场？”

我瞪了他一眼，彼此不再讲话。

“日出马上了，相机拿好！”显然，他对日出的时间掌握精确。

天一点点地亮起来，周遭静默，大家仿似见证一个心照不宣的秘密。不一会儿，云层上方露出一点红，大家雀跃至极，狂拍不止。待我拍完，康松一把取过我的相机，将我所拍日出一一看遍。“这几年，你的专业水平好像下降了。"淡淡吐出这么几个字，他快步走向自己的车。

"没有碰到能教我的人啊。"我狡辩。紧接着又拍拍他的肩，非常疑惑地问："Master，这几年你去哪了？"

"你查户口吗？"他不停查看手机讯息，一副心不在焉的样子。

我拘谨地靠在副驾驶，透亮的日光铺盖着我们，转过脸，黛青色的建筑在霞光下圣洁舒展。

"想不到你会选择生活在这么诗意的地方。"我找话聊。

"矫情，怎么着，我送你回酒店？"他发动引擎。

"这里离巴肯山远吗？不远的话，我想傍晚去拍日落。"我明知故问。

"远。今天不行，下次吧，如果过几天你还在柬埔寨的话。"康松一踩油门车子飞快。

"喂，安全第一嘛。"我系好安全带。

"我要去金边机场接人。不过先送你回酒店。"车子疾驰在回程路上。

"要不你忙你的，我自己回去。"不一会儿我提议。

"也行。是客户，来拍婚纱照的。"

"哦，那我一起吧。方便不？"

"路远，怕你累。哪天有时间我再带你去巴肯山。"他一番婉拒。

"我身无分文能去哪？"我撒了个谎，无辜地看了他一眼。他朝我的皮夹瞥了一眼，说："那我等下取点钱给你。"

"嘿嘿，算了，都说世间掏心不易，掏钱更难。谢谢你的义气，过了渡口你放我下来打车吧。"

他没有回答，但也没有在渡口放我下来，只是静静地望着前方，心事重重。

从机场回来，途经湄公河渡口，等待渡河的间隙，一个衣衫褴褛、皮肤黝黑的小女孩，蓬头垢面地趴在车窗外向我伸手乞讨，干枯如柴的手几乎伸到了我的皮包里，嘴里一直念叨"one dollar"。我鼻子一酸，赶紧翻开皮包。康松登时拦下，语气强硬地用英文对女孩讲："没有钱给你，对不起，走吧。"紧接着态度冷漠地摇起车窗。

"原来他们讲的是真的，你是铁石心肠啊。"我揶揄。

"你懂什么，不要因为无知惹上太多麻烦吧。"说完点燃香烟衔在唇间。我不予理会，偷偷打开车窗，以布施者的姿态塞给小女孩一美元现金。可就在那时，其他小孩一拥而上，一番哄抢过后我的手提包不见了。待我反应过来预备推开车门去追时，那群孩子早已跑得无影无踪。我无奈地看着康松，意识自己已犯下大错。"买个教训吧。"他淡淡地讲。后座的一对情侣余悸未了，相拥在一起。

康松再次给我订好酒店，设施完备，离他不远。

翌日，客房服务员来给我整理床铺，那是个十二三岁的当地女孩。她换过被单，朝我做了个拿钱的手势，我讲了声谢谢，继续在电脑前修图。

小女孩走后，Wi-Fi被切断。打电话到酒店前台投诉，可偌大的酒店竟没有一个懂得英文的工作人员。我又不会当地语言，只好又傻傻等待康松来解围。

"我提醒过你必要时候可以适当付一些小费给服务员。"他推门而入。

"可我的包在渡口被抢了！"

"好吧，我的问题。"他摇摇头，从泛白的牛仔裤兜里摸出几张面值很小的现金，对前台的工作人员说了几句当地语，小姑娘接过小费，康松为我重启电脑，瞬间Wi-Fi飞速。我谢康松，他不领情。

在康松提议我为他的工作室帮忙，并可以寄宿时，我竟萌发一种爱恨交织的想法："这个人虽然不那么讨人喜欢，但也不是铁石心肠嘛。"

他的原话是："我助理回国结婚了，你要是近期不结婚的话，可以在我这帮忙。"

"不结婚，不结婚。"我一口应下。

他预支给我半月的薪水，并为我兑换了一沓瑞尔（当地货币）。自从有了小费，在柬埔寨，便利轻松，自我感觉高人一等，有时我还使唤康松。

他确实很忙，早出晚归，像个孤单战士。

"阿松是个奇怪的人呀。"这是当地人对他的评价。

"要不拍外景带上我吧，保准不喊累，不怕晒。"我主动请求。

"不用，有事我会叫你，耐心等几天，空一点就会带你去巴肯山看日落。"他明知我不是那个意思，偏偏要将话语调得那般生硬陌生。

（四）

"蔷薇"摄影工作室位于暹粒最繁华的街。

那是康松买的一栋两层小楼，吃住工作都在此。

康松没有亲人往来，从不与人深交，好像除了约拍客户，他接触的人也不多。工作室有独立的卧室和暗房，摄影棚占了小小的一间，约拍的客人，多数都是各地来柬埔寨游玩的情侣，外景婚纱照居多，所以不太会用摄影棚。自从我搬进干净整洁的杂物间，康松的杂物全扔到了影棚。

他拍照时不大讲话，也不鼓励模特摆拍，你怎样出现在他镜头中，他就拍下怎样的你，从不多给一句建议。而镜头下的人，也十分受用这份默契和尊重。

几天后他扔下一把新钥匙又扛着相机出去了，"杂物间我要放东西，你还是搬到暗房去睡吧。等我空下来带你巴肯山看日落，你赚够路费，就可以回家了。我再教你几个技巧。"他的侧影消失在工作室楼下拐角，单从声音无法揣测他的心情，人是三天后才回来的。

经他允许，我从杂物间搬到暗房。如果早起，他一般不会让我跟拍。他收入不错，生活单一，好像所有的事情都能独自搞定，就连生活，也不需要别人过多介入。所谓助理，纯属虚构。他胆大心细，不信鬼神，坚持手洗内衣和袜子，窗台擦得一尘不染。楼上天台，蔷薇盛放，抬眸即是海滩，有时深夜他还有音乐和酒。但他没有笑容。

"你不会喝酒啊？"他常问我。

"我不会啊，但是我可以试试……"我如实告知。

"你们这种人，灵魂虚伪。"他总喝完自己的，再将分给我的杯中酒也饮尽。

他喜欢收藏各式公仔，那些看似与他形象极其不符的可爱公仔，被展示在影楼显眼处。他能养活每一株将死的植物，偶尔也会自恋："你看我是不是面似张飞，心似琼瑶？"

"是啊是啊，胸有猛虎，细嗅蔷薇。"我在帮忙修剪花枝时附和。

也许是有缘分基底，异国他乡只用几天，我们把曾经的相识复习一遍，便似熟稔多年的老友。也许源于我的性格开朗，调侃嬉闹他也完全接招，即便玩笑过头也不置气。我们在烈日下扛着相机和遮光板东奔西走于柬埔寨的各个地方。康松常有一搭没一搭地调侃我的着装和智商，平常多是闲聊一些无关痛痒的事，用他的话讲，不走心的聊天最轻松。我钦佩他事事分析透彻的深刻冷清，但不喜欢他一副生无可恋的冷淡。他说羡慕我有一颗年轻活跃的心，但不苟同我不求上进的业务态度。至于家庭和童年，是他从来不会主动提及的部分，若我多问，他必翻脸。

有次陪他去拍外景亲子照，我无意问起："你父母都在国内吧？"

"嗯。"

"你好像从来不和他们联系啊？"

"没什么好联系的，也没办法联系。"

"啊？怎么没办法？"

"我的父母和别人的父母不一样。我都快二十年没见过我爸了，至于我妈……算了，说不清，反正很久不联系了。"

"嗯。那年你是因为这个出国吗？"我看着他的背影，心中酸涩。

"不是啦。别聊这些，你挺没劲的。"他掐灭未燃尽的烟头，将烟屁甩得老远，淡淡甩出这么几个字，仿佛一切和他没关系。

离离长草在风中如海浪起伏，康松钻入草丛狂按快门。

彼此快速建立的热络，在快门声中突然冷却。

康松身上常有一股浓烈的汗味，是那种与脏乱无关的健康活力气息。他对工作异常较真，我差错不断，他便嘲讽。比如"你是女孩子，颜值高点就好了，大可不必把专业当回事"，比如"挺好的，你还年轻，游戏人生嘛"，总有着各式不满和不屑。

康松嗜酒，他常在黄昏酩酊大醉，醉后倒在天台的藤椅上睡到半夜，当鼾声停止，他准趴在电脑前修图，夜里心无旁骛的样子与白天落拓不羁的形象判若两人。我常在半夜煲汤，他循香起来，偶尔赏脸，但少有夸奖。我们常收到世界各地情侣寄来的请柬和明信片，对于他人的祝福和表扬，他惯于一笑置之，然后将明信片任意搁置某处。

直到有天银行寄来信用卡账单，我才敢问康松："你日夜拼命工作，片子收费不低，消费远远小于支出，为什么……？你的钱都去哪了？"我实在好奇，他几乎将所有时间投入工作，而且收入确实不低，器材也不常买，烟酒也都是廉价品牌，从接我那天至今，他只有两件 T 恤来回换洗。按理说正是好的年纪，实在不该活得略显寒酸。

"就这么点钱，我哪知道去哪了。"他搪塞过去，喝得晕头转向倒在天台的花花草草旁就睡，睡醒又起来修片。

准确来说康松在柬埔寨只有一个朋友。潮汕人姚龙，五年前，带着妻子躲债到此，就没有再回去。这人瘦得皮包骨头，康松给他取了个外号叫瘦猴。瘦猴留着一小撮八字胡，声音尖厉，斤斤计较，行事作风与康松截然相反。可他唯独对康松慷慨，食物提来都是用麻袋，有点好酒就往康松这里送。他们共同的朋友是一条叫作"摩卡"的金毛犬，俊美忧伤，讲究卫生，酷爱坐摩托车。

摩卡是康松送给瘦猴的生日礼物，却常养在康松这。因为康松会骑摩托车带它去兜风，而瘦猴只会骂它，虽然瘦猴也爱它。

记得第一次见瘦猴和摩卡，是瘦猴送手机到工作室来给康松。

"你妈的电话！"瘦猴的声音比人先进来，看见我，他怔住，立马奉上笑容。摩卡毛发油亮，见我之后躲回瘦猴身旁，"笑容"亦被骇跑。

"瘦猴，我再生爹妈。""苏舟翯，摄影记者。"康松向我和瘦猴介绍彼此。"摩卡，我儿子。性格随我。"康松介绍摩卡。此时摩卡已撞进他的怀里。

"别听他瞎说，这个爹妈我不当，谁当谁倒霉。"瘦猴对我说。

我嗤笑不止，瘦猴也是，他随意将自己扔进工作室柔软的沙发里。

没过几天，摩卡和我也熟了。

（五）

一个晌午，康松早早收工买了些酒菜，把我拽到瘦猴家。门内兴奋的窃窃私语，汇成不安的声浪，康松推门那一刻，屋内声音戛然而止。瘦猴妻子小芳比我小几岁，已经是三个孩子的母亲，穿碎花裙子，暖柔秀美，轻声细语招呼着我们。

"给你们添麻烦了。"我对小芳说。

"以后都是一家人了还见外。"

"你们别多想，只是普通朋友，过来旅行，顺便帮我几天。"康松迫不及待撇清我们的关系。"你昨天买烟和海鲜的钱还没有给我。"瘦猴绕过我们，自顾自地去后院张罗。

康松从兜里掏出一叠现金甩在桌上，他掐掉烟头，将烟屁狠狠戳进阳台的仙人掌盆内，也不洗手，抓起一只刚熟的斑节虾塞入嘴里。

瘦猴看着那叠钱嗔怪："喂，现在店里很忙耶，又要我去给你寄？"

一瞬间明白这是他们的日常。不一会儿，一桌丰盛的饭菜已摆满桌。

"你管管他！"瘦猴将我喊到一边，特别语重心长。

"我们的关系不是你想的那样啦。"我拼命解释却不被瘦猴取信。后来我才知道，他们笃信，从不与人深交的康松让我住在工作室，一定有着某种更为长远的情感规划。

孩子们围着康松打闹，只见他将孩子一手一个举高高，夕阳下，孩子的脸纯澈无比，康松也是。听着他用奶声奶气的话语和孩子嬉闹，眼前那个"生无可恋"的康松，此刻分明有着某种怎么掩抑都藏不住的柔软。

可能是从那一刻开始，暹粒的阳光下，有了一张我想认真去看的脸。

"真不回去看看她？"瘦猴一边为我剥龙虾，一边与康松聊天。

"有什么好回？我已经尽我所能给她要的，你知道吗，我并不欠她的感情。"康松放下孩子，以火机撬开一排 tiger（啤酒），一口吞下一瓶，孩子们受了惊吓似的，钻进妈妈的怀里。

"可是她的电话打到我这了。我觉得她最近应该不太好……这个世上没有一个母亲是有恶意的。"即便是瘦猴，在谈起康松母亲的时候也得小心翼翼。

"少说几句会死啊？"康松也许并不愿意让我听到这些，可瘦猴不知道。

"那你和你妈道个歉会死啊？"瘦猴吼起来。

"我又没做错什么，道什么歉？"康松不予理会。小芳忙制止话题，转而问了我在国内的工作情况，我欣然回答并假装大快朵颐，才免于一场尴尬。埋头吃了半天才知道，当天是康松生日，而我在收拾碗筷的间隙，从小芳口中得知，康松和母亲唯一的交集就是每月给她汇钱。

那天晚上，狂风暴雨，我越过康松的卧室去阳台收衣服，见他在讲电话，只得悄悄退出房间。他在电话里吵得很凶，我侧耳听了一会儿，对方应该是他母亲。

"不要跟我讲这些废话，你自作自受，我也不需要任何人对我的生活指手画脚。"我从未见他这样歇斯底里过。

那天晚上，梦见康松母亲来了。

第二天一早康松交给我一份日程单，密密麻麻备注着客户信息和拍摄要求。

"你愿意的话就暂时接管我的活儿。你没有驾驶执照，瘦猴会帮你，之前给你说过的事情别忘了，我相信你。"他挎上那只巨大的双肩包，行色匆匆的样子。"如果不愿意，让瘦猴送你去机场，客户也交给他。门窗锁好。"

"愿意啊，你那么急，要去哪里？我等你带我看日落呀。"我注视他黑厚的眼圈。

他却并不当作玩笑："有点急事，你愿意就待在这，等我回来带你去看日落，来一趟别留遗憾。"他对着渐渐升起的日出，突然想起什么似的，从柜子掏出两本厚厚的纽约摄影教程："尽量不要给瘦猴他们添麻烦，他们一家过得不容易。"

"你怎么把我想成这样啊？放心吧，坏人衣食，等同杀人父母，我会当成我自己的工作。"虽然我并不知道究竟发生什么事，但对他这种古怪行为习以为常。

"去吧，去吧！"我也学他，云淡风轻地讲话。

"那你留在这，我身上也没钱了，你自己想办法。"他面露难色，丢下这么一句话就走了。走到三十米的邮筒旁又折返回来取帽子，走时不忘摸摸我的后脑勺："记得带摩卡去海边兜风，它怕孤独。"

那是他和我的第二次肢体接触。

让我意外的是，瘦猴为人特别仗义，店铺交给妻子一人，炎炎烈日开车带我去机场接人，逸兴昂扬和客户沟通，带我们挤进人山人海的景点……康松千里之外的一声调令让他鞠躬尽瘁。不仅如此，他对摄影也有自己独到的见解，这让我更意外。

遵康松嘱咐，一日三餐吃在瘦猴家，傍晚带着摩卡去兜风。有天傍晚，为了不影响我们聊天吃饭的兴致，瘦猴妻子提前关门挂起歇业牌。见窗口亮着灯，夜行的路人敲门要吃饭。瘦猴一摆手，用当地风味浓厚的英文讲：老板在谈要紧事，不做生意。摩卡见我捂嘴笑，也象征性地叫唤两嗓子，摩卡对康松的思念方式是，每日早晚兴致勃勃去街角遛一圈，然后耷拉脑袋晃回来。

"你们为什么对我这么好呢？"我傻兮兮地问瘦猴。"康松有交代，我敢对你不好吗？"他醉了，但并没有讲醉话。

车子飙到最快，音乐开到最 high，说起话来像卸了闸门的洪水，滔滔不绝。瘦猴对世间的一切充满了好奇与热血，他的一切言行与康松截然相反。

（六）

康松回来后，突然话少了。即便开口也是一两个字。诸如"这边光不对""焦距再调""晚上去瘦猴那吃"这几个字。

我心里不爽，问他："你怎么好像跟我没话讲了啊？是不是觉得我在这里影响你的生活了？"

"你怎么总是有那么多问题呢？要说什么呢？我很肤浅，只有这些内容，都说完了。急着看日落吗？我现在实在没有时间，去留随你自己。"

他调试镜头，示意模特去换衣服，然后去阳台点了一支烟。日光下，他面无表情，但是更沧桑了。"对不起，我不是那个意思。"他抽完烟摸着我的后脑勺，向我道歉。

"是不是你妈出了什么事？"我猜。

他惶惑地看着我，继而沉默。很久才从牙缝挤出一句："没。"

康松想要保密的事情，永远问不出线索。

我索性灌醉瘦猴，效果显著。

"康松妈妈病了，在中国，手术花了不少钱，康松这次就是回去送钱和陪护，不过手术顺利，他妈也度过了危险期。"

"果真如此。"

我很难理解康松这种心口不一的爱和恨。

某天瘦猴来工作室与康松大吵，争执原因不明，瘦猴走时偷偷让我劝劝康松别记恨他妈。

收工后陪康松喝汤，汤喝完了，我们并没有提起他妈妈。

再次见他嘴角牵出微笑，是在我打听到某种他母亲需要的特效药时。微笑甚微，但却柔软。

"怎么回事？我现在发现汤比酒好喝。"某个日落之前，他对我说。

"那是因为我娟秀的内心感化了你。"

他摇摇头，心满意足地拍拍肚子。余晖从各个方向扑进工作室内。彼时我在整理杂物间，发现一双新的女士帆布鞋，三十六码，与我脚上的是同一品牌，同一款式，小票购买日期是半个月前。我怀揣某种小确幸冲向阳台。

"喂，康松！"

"说。"康松正在给蔷薇修剪枝蔓，并没有转过脸来，但凭声音，我能确定他心情不错。

康松的手机铃声响起，瞬间打破那份意味深永，通话将近三小时，他缄口听着，始终心平气和。

蔷薇在一旁卑微地盛开，一簇一簇还挂着水滴。

"怎么了？是不是你妈妈那边出事了？"他挂断电话后，我问。

"没有。找个时间带你去巴肯山拍日落吧。"他心不在焉，这才看见我提着一双新鞋子。"去试试。"他笑笑。

"啊？"我局促地看着他脚上那双 Diadora，还是三四年前的旧款。

"那天见你鞋子脏成那样了，别多想，鞋子穿好点方便你扛机器。"他甩甩前额的发，抹了一把络腮胡子。"是不是觉得我内心挺娟秀？哈哈哈。"这个笑，很用力也很刻意。

大半月过去，康松终于抽出时间带我去巴肯山看日落。

山不算高，但是陡峭。我卸下背包准备一鼓作气爬上山。康松一把拽住我："像我这样，俯首躬身。"他示范。

"你不是说形式不重要？太耽误时间了。"

"咳，必要的时候还是要的，毕竟你是虔诚的嘛。"他的解释也很牵强。

我点点头，半山腰，康松的手机在强行挂断两次后又响起。

"接吧，说不定有重要客户。"日光渐渐柔和，我故作轻松地摊开双手接受日光洗礼。

他接了那个电话后，脸色煞白。"我会来。"只说了一句话。不用猜，电话那端是前几天的人，那个电话来者不善。

"我现在要去成都，不能陪你看日落了，下次吧。"他歉然地注视着夕阳即将坠下的方向对我讲。

"没事，好事多磨。一起回吧。"我心中酸涩，上一秒的确幸在此刻荡然无存，也不可能再问方不方便带我。

一路小跑下山，他飞速的车子撞了防护栏。"车子坏了，你自己报警然后打电话给瘦猴。"康松拦下一辆装载鸡鸭的货车回到暹粒，跳上车后，头也不回。他的计划是，到暹粒后，直接买辆摩托去金边，赶第二天凌晨的飞机回中国，再直奔成都。

"神经病！"这是瘦猴在得知这一切后的第一反应。他朝康松的车子踹了两脚，啐了口吐沫，然后平定情绪示意我上车。"我们回去吧。"他披了披领口，语气温和。我只是笑笑，他发动车子后开始喋喋不休地骂康松。

"他是这个世上最没种的男人，为了这么个破女人，该搭上的都搭上了。还有你，我不知道你在搞什么。"

我则笑笑，非常疲惫。

错落的村镇，少有灯火，昏暗中无心顾及瘦猴的情绪，沿途河床已干涸，大块的石头裸露在外，通往暹粒的路程格外漫长，夜越来越深，深到无法见底。

"放点音乐吧！瘦猴。"我蜷在副驾驶。他面无表情扭开音乐。"我早说过我不是他的女朋友啊。他做什么都是他的事，我们只是普通朋友。你别这样。"换我安慰他。

"孬种！"瘦猴怒不可遏，疯狂鸣笛。

（七）

康松的父亲在他童年时消失，母亲先后嫁了四次都不顺利，她将一切归咎于康松这个拖油瓶。后来乡下舅舅带走了拖油瓶，大学毕业后拖油瓶回到成都接母亲和自己一起生活，遭拒绝，理由是，拖油瓶太像他的父亲。不知从何时，他开始害怕起母亲来，提到母亲，脑海就显出她的泪颜，她还滔滔不绝地讲：生了你有什么用，你的父亲还不是这么狠心丢下我……

那样无助黯淡的时光里，同样爱好摄影的董小姐，像一剂吗啡，对抗着康松年轻的空洞。董小姐是四川某校校花，梨涡浅笑，初次见面，康松陷进梨涡，就再也没出来。他所得薪水有一半用以支付去董小姐城市的路费，连续一个月吃特价面包喝白开水，只为给她买一件高档的新裙子。

董小姐常说，她的梦想是拥有很多很多的爱和很多很多的钱，健不健康，快不快乐无所谓。

康松第一次灌醉自己，去找母亲借钱创业，母亲以他和父亲一样不务正业为由拒绝了。如果不是得知母亲为讨好新男友的儿子，挪钱给他买车的话，康松也许并不会崩溃。创业不成，他索性去了一家名为"蔷薇"的小小摄影工作室，因为董小姐喜欢蔷薇花，董小姐还说她想去柬埔寨拍婚纱照，只要董小姐说的，他都记下。

再后来董小姐突然从他的生活中蒸发，就像父亲那样。两个月后，康松只身来到柬埔寨，以旅拍糊口，并且只拍侣人。他早明白，董小姐喜欢的哪里是什么蔷薇花，分明就是有钱花。

前两年母亲患了肾病，男友们离她而去，医疗费用都是康松在支付，而康松寄的那些钱，基本都是瘦猴在代劳。

董小姐再出现时，有了新的恋情，后来分分合合，每次都是半夜拨电话给康松，让原本平静的康松整整动荡一星期，抽烟酗酒把自己锁在天台什么也不干。董小姐的恋爱，就像年轻的过敏，红斑退去皮肤光洁如新。康松不行，动心一次，抽筋剔骨。

瘦猴对我娓娓道来。

"妈的，讲起这个女的就火大，没安什么好心，一直拿康松做备胎。"他一路猛踩油门，我们各自的心事并没有随着尘土飞扬而去。

"那他怎么一直不去找董小姐？"下车时，我问瘦猴，并且为自己绞尽脑汁窥探一个独立灵魂的秘密而羞愧。

"董小姐要是心里有他也不至于今天这样啊。他要面子，你别提。"

瘦猴开过门后被我赶走，怕我一人害怕，留下摩卡作伴。

"你随时给我电话啊。"瘦猴的声音连同他的担忧一齐被我关在门外，门一关，我就哭得不行，至今也没搞明白为什么要哭。

那晚很冷，我试图以康松同样的姿势，躺在那架藤椅沙发上，喝了酒，吹着风，心海翻腾。不过，我想明白了一件事。在我看来，我们早已不是普通朋友，我当他是亲近信任的人，我不愿意看他不快乐，我一直努力在他的了无拘囿、云淡风轻中寻找这份关系得以延续的契机，可对他而言我只是个可以随便丢在路上的行人。

因为重感冒，我停工了。

康松从中国带了一堆中草药。

药由小芳煎好送到工作室。

"喂，你怎么跟我一样怕苦啊。小时候，我就怕生病吃药，不过还好，我办法多。"他边说边偷偷往药里舀蔗糖。

"药就是药，怎么可能放糖就不苦？"我问。

"多放点，真的就不苦了。"他说。

"算了，死了算了。"

"瞎说，我才走几天，你真是坏人衣食，杀人父母啊。这两天单子都给拒了。"他说。

"能杀人的从来不是我。"

"你今天怎么了？"他完全没有料到我的好脾气就此终结。"别瞎想，好好休息，等你好了去巴肯山啊。"

"好。"我不忍再去扎他的心。

没过几天，我们收到从国内寄来的摄影作品的奖金，同时寄来的还有董小姐的婚礼请柬。康松一反常态，元气满满，拍摄修图，显得异常平静。

"噩梦也该结束了。好事。"见康松情绪正常，瘦猴十分开心地回去了。

晚饭过后窗外落起雨，康松将自己反锁在屋内，刻意循环的音乐，并不能完全掩盖房间内的哭声。

　　有谁孤单却不企盼 / 一个梦想的伴 / 相依相偎相知 / 爱得又美又暖 / 没人分享 / 再多的成就都不圆满 / 没人安慰 / 苦过了还是酸 / 我想我是海 / 冬天的大海 / 心情随风摇摆

　　……

我钻进暗房，尽力不听，不忍安慰，也无力祝福。

他是莽撞的猛虎，却永失驯服他的蔷薇花。有人见他披荆斩棘的勇气，却无人疼他冰冷盔甲包裹的柔情。

我后来是这样提起他。

（八）

"高草在旷野起伏推进，劲风阵阵吹拂，在孤独与寂寞中，旷野、疾风与我的心徜徉游乐。"从吴哥窟拍摄回来的晚上，康松又一副玩世不恭的样子。

"谁的诗？"我望着海面，跷着二郎腿问。

脚上穿的登山鞋是康松送的礼物。我们接了个大活儿，给国内明星拍照，已预付定金。那些定金，他寄了一部分回国，一部分为我及瘦猴的孩子们买了登山鞋，为摩卡买了很多狗粮。

"不记得了，以前在学校喜欢泡图书馆，不像现在，你看看我都成什么样了。咦，脑子怕是长草了。"他依旧将未燃尽的烟屁弹得老远。

"别这样妄自菲薄，除了不近人情，其实你挺好。"我揶揄。

"你挺看不起我吧。"他笑得无邪。

我笑笑，脑中莫名想起那日的哭声。"其实你可以尝试另一种生活啊，我总认为，如果人生尚有余力，应该去守护美好的事情。"我忍不住不去安慰他。

"谢谢你。我知道，你在国内工作一直不太顺利。那是他们不懂赏识。我们都不太顺利，但是加油。"他又摸摸我的后脑勺。

异国他乡，崖头看海，换我莫名恸哭。

几天后，工作室里来了一些当地人，对着房子指手画脚好半天，我才知道，康松把房子卖了。至于原因，他不愿说，我也懒得再问。摩卡痴痴待在角落里，康松抱起它说："别那么小气，我又不卖你。"

摩卡摇摇尾巴，跳上摩托车。

签证到期前一天，康松送我至机场。

"喂！好歹相交一场，就没有什么话要说吗？"存过行李，我有些感伤。

"我们之间还需要那些乱七八糟的仪式吗？各自好好活着才是王道啦。哈哈哈哈。"他摸摸我的后脑勺，扭头就要走。

康松，好好的！我想喊住他，但是没有。我突然在想，这世间很奇怪，有种人，胸有雷霆万钧，唇齿云淡风轻。有种人，并不讨人喜欢，却特别让你心疼。有种人，与你身手相连，心却隔着远阔天涯。康松就是这种人。

"那至少得说一声再见吧。"我冲他的背影喊道。

"拉倒，还是不要再见吧。"他没有回头，破旧的皮卡钻入车流。

一语成谶，不到一年，瘦猴告诉我，康松离开了。这种离开，没有再见。

他一意孤行将自己的肾换给母亲，康复期间不遵医嘱，抽烟酗酒熬夜拒诊。

"也许他觉得，欠下的，都还清了。"瘦猴感喟。

"摩卡怎么样了？"我问。

"不吃不喝不听话。"

"嗯。"

某天去翻微博，发现那个蔷薇头像用户的主页，删得只剩一句话：

    对不起，欠你一个日落，不再见了。保重！

知己

姚谦可能从未爱过我，但我却不能否认他的确曾以"知我如己"的姿态认真走进过我的生活。

（一）

在得到出版社即将裁员的可靠消息后，我主动辞职。在洗完堆积如山的碗碟与衣物后，我决定离开厦门，到大理待一段时间。

"我要去大理发呆，谁也别找我。"我在机场与朋友们挥手告别。

到大理第二天，以安心写作的名义租下一间旅馆的阁楼，并打算一次性支付三个月的租金。

"你是否要考虑一下？或者先租一个月试试？"年轻房东征求我的意见。他清高至极，这是房客们说的。

"不用，第一眼就喜欢上你这的环境。三个月吧，毁约再说。"我签好合同当即去自助机取了当月的租金。你不在乎钱，我也不在乎，我心想。

租住之处不太起眼，也不特别，之所以选择寄寓此处，并非受诱于五花八门的旅行攻略与旅行网站的好评如潮，只因它的名字：风烟俱净。

"风烟俱净"是青砖黛瓦的三层小楼，清净的院内种满许多我叫不出名的花草；鹅卵石池子里养一些红金鱼；白天，一些睡到自然醒的文艺旅客肩披方巾在院子的木椅上安静地喝茶、阅读、写作、晒太阳；夜间总会有几对男女青年喁喁细语，或抱着吉他忘情弹唱；而我，就伏在顶楼观察那些来来往往的游人。日日如此，接连两周，并未获得所谓灵感。

"去大理发呆的人，过得如何？"朋友致电问我。

"一无所获。"我沮丧，然后继续钻进自己的小阁楼。

来到此处，我未交任何新朋友，也从不与人交谈，除了外出晚归时经过房东所住的二楼，与他打个招呼或者相视一笑、偶尔寒暄，以示礼貌外。十几日过去，我只是更新微博、玩电脑、拿着长焦相机卧在露天沙发里拍摄星空，根本无法真正享用大理的闲适安静。书总是翻了三两页便扔到一边，稿纸撕散一地，瓜子壳、烟头、安眠药……屋内是不该有的一片狼藉。

房东姚谦是位品貌兼优的青年人，蓄着长发与斯文的络腮胡子，总穿棉麻质地的长衫长袍，极少言语，深居简出，俨然"世外高人"。

但是他笑容温暖，不管是谁，只要眼神交错，他一定会冲你会心一笑，然后轻轻地道一声"你好"。此人煮得一手好菜，我几次听前台几位工人背后品评他的厨艺。心血来潮，他会做上一些小菜供人小酌，为此在这里住过的旅客离开大理后，都会给帅气暖心老板一百个好评。我当时心里亦想：日后离开，理当给与好评，就冲这微笑，治好了多少不羁的灵魂啊。

但别忘了，他清高啊。清高到，他的旅店从不接受推广合作。我亲眼所见，许多商家，均被拒之门外。

在那个失手将拇指划伤的周末，我第一次慌慌张张地敲开姚谦的门。

"房东先生，能不能给我一些止血药？如果没有，也请您带我去附近的医院包扎？"我握着不断渗血的左手拇指，试探性地问他。"我在这里举目无亲。刚失业。我那个工作太招人烦了。"我又补充一句。

每一行都良莠不齐，需要靠自己努力。

他正准备外出，当看到我不断渗血的手指，迅速扔下手里的书与麻布提包。

"你等我。"见他转身返回里屋拿药，我探身打量厅内，瞬间被眼前景象惊呆了。柔和的橘色落地灯；紧闭的烟灰色帷幔下，几幅油彩画散落于木质地板；林立的书架后是屋内唯一的电子设备——一个老式CD机；木柜上整齐地叠放着厚厚一摞蓝白相间的花布。多么精致的生活。再想想我自己那一片狼藉的屋子，从心里已经感到无地自容。不一会儿他已拿出药箱。

"您……艺术家？"我惊讶地问。

"不，只是个做扎染的手艺人，这是我做的布。快，你先进来，我给你清理下伤口。"他扬起的下巴指着窗帘和木柜，又马上用酒精替我清理了伤口，并迅速包扎。动作麻利，语气却始终不那样热络。

"衣服也是自己设计吗？"我上下打量他的长袍问。

"自己染布，有朋友专门裁剪制作。"他让我坐下，再端来一杯橘子水递给我。

"听起来非常有趣。"我接过水杯，一饮而尽。

他笑而不语，我再四下打量。"女孩子，多喝水。别总是等渴了才喝。"说完他回房间拿了个扎染手机袋送我说："这是另一种扎染手法制作的，绿色象征活力，感觉你缺少这样的活力。"这突然的热情，又令我惊讶不已。原来房东骨子里并不是那样冷冷清清的人呀，他甚至还仔细观察过我。"你为什么会这样说？"我好奇地问。他又是笑而不语，轻轻捂着自己的胸口。

"哈，用心。"我说。

以前朋友在大理旅行买了几块类似的布送我，我只叫它们花布，这次才知道原来叫扎染。那天姚谦为我普及了不少扎染的知识。

"您收学徒吗？我在城市生活得太久。"不知为什么，我脱口而出。他先是怔住，继而回答："可以，不过我猜你没有那份耐心。"

"好！择日不如撞日，今天就拜师。"

我忘了手还受着伤，急急忙忙要去巷子里买些酒菜庆祝。却被姚谦拦下，他说：来日方长。

就这样，房东姚谦成了我的扎染老师。

（二）

姚谦是白族人，从中山大学法学系毕业后回到大理，继承家族事业——祖传扎染坊，一年后父亲去世，他从少东家升级为大东家。关于为什么毕业后不去做律师的问题，我在无意中问了两次没有得到答案后，就再没多问。姚谦曾经说过一句话："时间不一定会告诉你答案，但答案一定藏在时间里。"

平日里姚谦依旧早出晚归，言语寡淡，旅馆的事情也多半交给工人打理。拜师后，他交给我两本扎染相关书籍，并限定一周的阅读时间。没见过这样体贴周到男子，但是很多事情由他做来，并不觉得肉麻与刻意。

"你按时吃饭，按时换药，按时写作和读这两本书。我交代了，你去楼下和工人一起吃饭。既然收你为徒，有必要为你节省一些开支。"扔下这几句话后，他就出去了。我从沙发里跳出来："才一周？我还有很多稿子……"

"自己选择要学就好好坚持哟。"他不予理会，匆匆而去，一连几天不见人影。我打听，旅馆前台说，姚谦去丽江参加什么研讨会之类，我发信息他也不回。

一周后我的手伤基本恢复，姚谦也如期"交流"回来。当天下午他带我去某个小店吃了一顿当地饭菜，然后让我梳洗整理一下随他去染坊。这是他第一次主动提出带我去染坊。

"老师，扔下负伤的学生，电话也不打一个回来。"我埋怨。

"书看得如何？"他问。

"啊，这……"我支支吾吾，他摇头不语。

"作为女孩子，别老蓬头垢面。吃饭也该慢点，胃一定不好吧？"见我狼吞虎咽，他又摆出一副诲人不倦的严肃样子。

"我这叫作不修边幅啊。"我像饿了十八年，风卷残云，扫光一桌饭菜。

染坊离"风烟俱净"有好长一段路程，姚谦似乎不爱以车代步。但凡我埋怨路远，他准摇头晃脑地讲：能步行的地方绝不搭乘巴士，能搭乘巴士的地方绝不开车。

他那辆蓝色别克停在后院，铺满灰尘与落叶，看似年代很久远。

染坊离巴士站几分钟路程，地方不大，三十来个工人，只有一个和我年纪相仿的男孩专门负责给底布画图，大家喊他小政，刚从广州美院毕业，慕名前来学习扎染。其他扎线、漂洗、晒布的工人多半是当地妇人和男子，而所有人均有共同特点：穿着朴素，肌肤黝黑，笑容温暖。

"苏舟覉，你是记者呀？你是作家呀？你在这里待多久呢？"他们爱问这些，我也愿意细细回答。有时工人会主动与我分享家里的琐事和自己心里的小秘密，每个人都那样热心，那样不设防。

那个周末我和姚谦一同外出采风，他写生，我摄影。我因贪玩不听他劝，与他走散并且迷路，天突然下起雨来，好心的旅人借我把伞并为我带路。当我费尽周折返回原地时，姚谦一动不动立在雨中。见势不妙，我拽着他的衣角道歉，他一言不发。许久才说一句："一个成年人要懂得为自己的行为负责，你做事从来不会考虑后果吧？"

回去后他咳嗽不止，我心生愧疚，自作主张去菜市场买了排骨。在旅馆的厨房捣腾几个小时后整得乌烟瘴气，排骨渗着血丝，米饭半生不熟。当我将那些品相极差的饭菜端至他面前时，他愣住。"再伤了手，可没人替你包扎。"说完不假思索地扫光了那些饭菜，虽然蹙眉，但仍不忘说教：要是你在学习扎染上有这种精神，该有多好。

这件事情过后，我们的关系也随之更进一步。

（三）

起初我并不知道姚谦曾经是律师，因为他对毕业到继承染坊中间的事，缄口未提。我们习惯了彼此师徒之称，偶尔拌嘴，但多数是我占上风。

"哈哈，不和你争了，从你第一天付钱那个样子我已了解你是什么样的一个人。"他总以这句话终止争执。

拜师后的第二个月，一个"不速之客"出现了。

那天大理细雨斜飞，湿答答的路面反着光，我从染坊步行至旅馆。远远看见一个长发、身材高挑，穿着藏青色背带长裙的女孩站在门口左顾右盼，她没有撑伞，雨水打湿她的前额。我友好地冲她点头，问："住店？"

"找人。"她说。

我再问："那为什么不进去？"她害羞地摇摇头。

"姚谦住这吗？"她抬头再看了一眼"风烟俱净"的招牌，羞涩地问，笑起来有很好看的酒窝，我必须承认有的女孩算不上拥有倾国倾城的美貌，但却迷人，那一刻粗枝大叶的我有些自卑。

"你是姚谦的女朋友？"我故意问。

"前女朋友。我是李航。"这人别着发夹、耳饰，累累坠坠，非常女性化。

意料之外，原以为她会闪烁其词。

"我是苏舟鬻，姚谦的房客兼学生。老师可能还没回来。"我拎起她的行李箱。"进去等。"

她四处打量。"他去哪了？"

"不知道。大概晚上回来，你就先在我这休息，我有一些稿子要交，你自己看书或者电视，可以吗？"我征求她的意见，并决定：如果她说不可以，我就立马将她轰出去。虽然我和姚谦一直以师生相处，除了欣赏也没有其他情愫，但这个从天而降的"前女友"还是莫名让我有些不舒服。

"可以，可以，当然可以。你是作家呀？"她爽快又感激地点点头。其实我根本无心写作，只是为当时的尴尬找个回避的借口。她呢，一会儿翻翻书，一会儿拨弄遥控器，一会儿在屋内来回踱步。

"很急的话，我带你去找他？"

"不用不用，你忙。"

姚谦下半夜才回，朋友新婚燕尔，他喝得微醺。我侧耳听到楼下的动静后，匆匆忙忙跑到楼下，冲他大喊："老师，你前女友来了。"李航紧随我身后。

两人相视，怔住许久，他像是突然从酒中惊醒。"你怎么来了？"微弱的廊灯下我能看出他的眼里有伤感、爱怜、无奈，还有一些从没有暴露过的回忆。

"对不起，不该打扰你们的生活！但是我爸爸那个官司，可能真的需要你再帮帮我。我想不到别人。"李航又歉疚地望着我，上前对着姚谦，一副我见犹怜的姿态。"不是呢，师母不要误会，我们只是师生。"我不知为何刻意解释。

"老师，我还有稿子要赶，既然师母来了，那你们好好聊聊。明日我自己去染坊就行。"气氛尴尬，我识趣作别，不忘感喟李航手腕如昔。

"你等等。你的胃药，我托人从日本买来的。写稿别熬太晚。"他将一个纸质包裹塞到我手中。我慌慌张张跑向阁楼。"谢谢老师。"

"不是已经了结了吗？我现在已经不是律师了，再说你爸爸大概也不愿意再看到我吧。"伴着我上楼梯的脚步声，隐约听到这句。余光瞟见姚谦背过脸去。

那一晚我躺在床上，心海翻腾。莫名其妙地失眠了。

第二天下午，姚谦照例坐在院内的木椅上等我一起去染坊。天！他在抽烟，姚谦不仅饮酒，还会抽烟。

"她呢？"我仿佛质问一般。

"谁？"他修长的手指掐掉烟头含糊地回。

"前师母！"

"哦，早上送她去机场了。"他刻意加快的语速出卖了伪装的满不在乎。"还有，别一口一个师母，无中生有。"

"为什么不？她自己讲的。"我不依不饶。

"没有意义的事情你不要再问，好好写作和学习扎染。"说着拔腿就往院子外走去。"还有，以后叫我姚谦，一口一个老师，把我叫老了。"他回过头对我补充。

"遵命！姚谦老师。"

（四）

工作中的姚谦像靛蓝底布那样严肃，生活中的姚谦又像底布上的白色花纹那样诗意从容。有时和他一起下班回家，拥挤的巴士车站常有人当众抽烟，大声说笑，按动快门，低头玩手机，只有他的手中永远抱着扎染著作，静默地等待。

"姚谦，你在想什么？"我盯牢他的脸。

他笑笑。"我什么都没想，只是在听风吹动布的声音。"

"在哪？"我不以为然。

"静下心，你才会听到一些声音。"他弹我一个脑瓜崩。

见他一脸笃定，我便立马恢复安静，乖乖地点点头。有时巴士拥挤，他便轻轻将我拥在怀里。渐渐地，我爱上了搭坐这趟巴士。

在一个阳光通彻的午后，姚谦跑到阁楼找我问："舟蓠，朋友的古玩铺开张，你能不能去为字画拍宣传照？无偿的，要不愿意就不去。"

"你去不去？"我反问他。

他像个孩子一样嗫嚅半晌说："我去不了……得去趟广州。"

虽然话只说了一半，但我已经明白。

"非去不可？"我问。

"你指什么？拍照你可以不去。广州我必须去……事情因我而起。"

"我去。"我一头埋进被子里，见我不再出声，他带上门，匆匆跑下楼去。他一走，我的泪就来了。

不过，为字画古玩拍照那天，姚谦陪我一起去了。文玩店老板给我展示了一幅珍藏已久的书法作品——南朝文学家吴均在贬谪的时候写给故友的《与朱元思书》。素白宣纸上，风骨凛冽的汉隶在我眼前流畅地勾勒出一帧超脱而隽永的水墨画卷。"平时会看字画吗？"姚谦问我。

"一点点。"我说。

"这是我喜欢的一幅字，你看，运笔多棒，还有这一撇，你看。"他几乎热泪盈眶。

"嗯，词也好，不是陶渊明'采菊东篱下，悠然见南山'的消极遁世；也不像李叔同'问余何适，廓尔忘言'的决绝。眼前的风停雾散、万籁俱静却独有一种原谅喧嚣、撼人心魄的大气。"我对自己惊心安排的心有灵犀非常满意。

"所以，你选择了'风烟俱净。'"他欣慰。

"知我莫若你。"

"知道我为什么收你为徒吗？"他感性起来。

"不知道。"

"你让我看到当年的自己。"他说。

字画拍摄很顺利，尽管事先说好无偿，但姚谦的朋友还是给了我一点辛苦费。我本想拒绝，但姚谦非让我收下。暮色苍茫中，我们的好友幺子提议去半山的火塘吃烧烤，拗不过姚谦，我也一同前往。几杯酒下肚，他情绪异常激动，一向文雅得体的他竟然失声痛哭。再喝下去，幺子的话匣子也打开了。

那个晚上，我才知道姚谦有一段遗憾的爱情，毫无疑问，与李航有关。

幺子说，他和姚谦、李航当时都是中山大学法学系的同学。那时候姚谦还不是谦谦君子，只是个有点文艺情结的"二世祖"。在幺子的生日 Party 上，谈笑风生的姚谦认识了美丽活泼的李航，二人因为"风烟俱净，天山共色"这首诗词产生口舌之争，"不打不相识"地迅速坠入爱河。

"是李航追的姚谦，他到哪都有那种与生俱来的魔力。"说到这儿的时候，幺子苦笑一声。

"你也喜欢我师母？"我打趣。

"谁会不喜欢她？"幺子陶醉过后是失落。

毕业在即，李航的父母不满姚谦的家庭条件，又以他痴迷艺术不务正业为由，终止了李航与姚谦的恋爱关系，逼迫女儿尽快出国留学，谎称已经办理好一切手续。李父对姚谦的信誓旦旦不屑一顾，毅然逼他离开女儿。其实姚谦一早就知道，自己一旦毕业必定要回大理，不可能留在广州，但他还是做好了全力以赴的准备，因为对他而言，李航胜过一切。

李航孝顺，加上母亲以死相逼，就这样，李航以一句"不合适"打发了这段感情，也打发了姚谦。

李航人间蒸发，姚谦一蹶不振，他将失去李航的根源归结于李父。

很巧，他不知从哪听来关于李航父亲贪污工程款的消息。当时一心只想给李父一个教训，他毕业后加入了广州市一家权威的律师事务所，联合幺子，处心积虑到处找李父贪污的证据。终于功夫不负有心人，通过两年时间，李父被送上法庭。并坦言自己当初让女儿出国留学只是想转移赃款。审判结束，李父在法庭上对姚谦说："如果航航能和你在一起，我也愿意。"

姚谦默然，不明其逝，万千感慨。

那两年其实姚谦对李父的恨已经慢慢淡了，想过放手。"但我是个律师啊，是律师就做律师该做的，即便那是李航的父亲。"姚谦打断幺子，此时他已醉得云里雾里。

李父的案子了结不久，姚谦辞去了广州的工作，将所有记忆打包，回到大理。同年父亲因肾衰竭去世，他继承家业，奉养母亲，大量读书，开了旅馆并蓄起长发。姚谦离开的第二年，幺子也厌倦城市生活，从广州回大理开了"旧时光"古玩店。

"后来李航怎么样了？"我问。

"鬼知道。那些早不重要了。"幺子将酒倒进大碗，扬言不醉不归。"我们都活该。哈哈哈哈。"

后来有人说李航在英国嫁了大款，有人说她一直在逃，总之姚谦没有再见过她，幺子也没见过。

（五）

姚谦的故事，我的心事。

幺子像一位电影解说员那样，将这些我一直想问，却终究没有问出口的秘密和盘托出。

彼时，姚谦已经在杯盘狼藉中醉得不省人事。我心疼至极，轻抚他肩。

"舟蓂你没喝酒，开我的车，把哥几个全给我护送到家，尤其是他。"幺子拍打姚谦，指手画脚用当地方言命令我。

"没问题，放心。"我带上车门朝车窗外的幺子摆摆手。

此时幺子突然扑上前，敲打车窗，含糊不清地警告我："姚谦对你是认真的，你可行行好，别再伤他。"

"幺子你们都喝多了。"我发动引擎绝尘而去。脑海里一幕幕是我与姚谦相处的点滴，时不时回头看他，一颗心竟恻恻地痛。

当我将两个不在同一地方的醉汉一一护送到家后，东方已露出大片鱼肚白。我又朝后座看了他一眼，姚谦歪歪斜斜地躺着，口中呢喃。记得有次闲聊时，姚谦对我说，谦虚容易，肯低下头就行。可清高太难，你拿什么撑腰？我心疼，他一直在伪装。

我将车停在半山腰，打开车载广播：

> 问你心想什么
>
> 微扬的嘴角
>
> 有强颜的笑
>
> 这样的夜
>
> 热闹的街
>
> 问你想到了谁

紧紧锁眉

我的喜悲

随你而飞

擦了又湿的泪

与谁相对

第一次将歌词对号入座。

再次回头，久久注视此时躺在车后座的这个青年人，脸颊有对深深
酒窝，却不伧俗，到底是家底深厚的青年。他缄口不提，我便不想再问，
这一刻，我只想静静看着他，这一刻，他只属于我。

太阳照进车窗，满身酒气的姚谦推开车门，他意识到自己的失态后
没有道歉，趴在车窗沿，一本正经地说："你又有素材了。"然后弹了我
一个脑瓜崩。

"姚谦，你向我表白了。"我突然想起幺子昨晚的那句话，想逗他。
"什么？"见他错愕，我赶紧又补充："你说你喜欢我，就像喜欢世界上
多数的女孩子。"

"酒品太差，不要介意，我们回去吧。"他像个没事人一样。他的酒
品哪里会差，喝醉后，除了轻喊几声我的名字，就是安安静静地躺着。

我将他推进副驾驶，一手握着方向盘，一手递给他一罐牛奶。"去广
州吧，早点去，事情早解决。"

他僵着。彼此长久沉默。

大片的阳光洒进车里，身后的花至荼蘼仿佛是一夜间的事。我将音
乐调到最大，并转移话题与他聊起扎染。

"希望在以后的日子里，你们彼此有更多的时间陪伴、偿还、爱护
对方。虽然现在都不太好，但总会开心、总会稳定、总会渐渐好起来。

尤其误会总要解开。爱一个人不容易，他父亲的事，来龙去脉总要弄清楚。"我绕来绕去又把话题绕回他和李航。

"谢谢，你很虚伪。"他说，有点赌气的意味。

我将车停在路边，看着他的背影消失在安检口。

他去广州回来后，我终于交出第一件完整的个人扎染作品，从选布到最后漂洗都由我独自完成，姚谦就在一旁看着。

"我好像搞错颜色了？"

"不要紧，将错就错，这颜色十分好看，似雨后初晴，阳光尚未照射。"

沉默的染坊沐浴在亮烈的阳光中，这里没有 Wi-Fi，没有自拍，没有侃侃而谈，每个平凡的人都像靛蓝底布上的白花那样清雅素净，毫不张扬地生活在大理的天空下，忘记扰攘，朴素温暖。

我轻轻俯在作坊的窗台，看着姚谦在玫红色三角梅与蓝色染布间来回忙碌，好奇怪，现在看着姚谦，我的心会迅速平静下来。总有那么一瞬间，我会想：他若留，我就不走。

"什么时候走？"小政问我，他是除了姚谦外，在大理帮我最多的朋友。

"后天，但我对你师父说机票是下周的，你替我保密。"

"你有你的理由。"他重重点了头。三个月的相处，小政俨然成了半个懂我的人，除了偶尔关心，从不殷勤探问。他说："你和姚谦好像啊，其实你们是一类人。"

行李是一箱亲手制作的染布与姚谦送我的东巴手链，还有我们一起拍过的照片。

我在清晨出发，没有与他告别，在晨光熹微中，仿佛听到微风掠过染布的声音，又仿佛听到姚谦责备我粗心大意，责备我熬夜伤身。

"舟翦，我师父他去机场了。"登机前，收到小政的手机短讯。

"起飞了。"我关机。飞机上升至一万米高空，我突然哭了。仿佛下了飞机就是一个无家可归的人。

（六）

回厦门后，重新找了一份工作，在报社担任采编记者。忙碌的生活让我与姚谦鲜有联系，他除了偶尔弹个 QQ 窗口问我工作是否顺利外，从不过问私人生活，而我，所问不过是大理天气云云，从不聊及感情。

我们像一对默契多年而又冷战许久的老友，心照不宣地绝口不提广州与李航。

国庆长假小政来厦门出差，帮姚谦带了两条手染围巾给我。我陪他逛了一天鼓浪屿，避而不谈姚谦，即使我差那么一点就将话题引到他。

"舟羈，你就不想他吗？"坐在大排档几瓶酒下肚后，小政终于还是开口提起他。

我愣了许久，佯装不懂，问："谁？"

"别装了。师父他快结婚了你知道吗？"

"哦，结婚就结婚呗。"我慌张打翻水杯，装作毫不关心，其实心里万马奔腾，几乎是在那一瞬间，不能让泪水流出。

"李航又去大理找了他，她爸爸是被诬陷的……"他没有再说下去。我继续假装无所谓，泪盈于睫，却掉不下来。

"有情人终成眷属是好事。"我强颜欢笑，努力平静。

"可师父明明喜欢你的呀。他只是快结婚了。"

"这和我没有什么关系啊。"

小政在确定我不会因此想不开后，才忧心忡忡地离开厦门。

许多次，我想过问姚谦，为什么连婚礼都不告诉我一声，但转念又想，他何必告诉我？他连喜欢我都没有说过一句，我凭什么因为自己的不甘心，去搅得别人鸡犬不宁？

不久，我父亲出了车祸。一辆重型牵引车，碾碎了他贷款购买的小型轿车。当切割机将父亲从一堆废铁中"捞"出后，他在ICU整整昏迷了半个多月，面对人事不省的父亲，悲痛欲绝的母亲，刚刚考上大学的妹妹的学费，家庭的债务，医疗费，后续的官司……一个个严峻的问题令我几近崩溃。

第一笔医疗费，想到姚谦。

"借我点钱，急需。"拿起手机，寥寥几字。

"马上给你。"瞬间回复。

我收到钱，说了句谢谢，没有办法再去考虑其他。

父亲出事路段属于山区，没有监控，没有目击证人，整个案件陷入瘫痪。我心急如焚，辞职后到处托人打听案件处理决策，多次前往事发地点企图查到蛛丝马迹，但很遗憾，能力有限。

第二笔医疗费催款时，我正在父亲病床旁边展开简易折叠床。姚谦打来电话。我挂断两次，是祸躲不过，我想。

"你怎么不讲话？"时隔一年再次听到他的声音，心里百味杂陈。

"你怎么还记得我？"我尽量克制住自己的难过，以及企图用无所谓的语气掩饰哽咽。

"你的事，小政打了电话给我。我只是想说，你怎么都不愿意告诉我？我一直在的。"他开门见山。

"不用的，你们好好生活。我这里没事。"对于他的婚事，我依旧耿耿于怀。

"好，那你强撑吧。"

"好的。"我解嘲地笑。

继而鬼使神差地躲到医院的楼道，和他絮絮叨叨至电耗尽。心里的话和着眼泪一下子就涌了出来。

从我的词不达意里，他察觉到我的心不在焉。突然打断："舟蓊，你是不是觉得我寡情？"

"你已经结婚了！"

"是，李航她……"

"我还有事，再聊。"我是如此害怕他一字一句地勾起那些往事。

医院的消毒水味令人作呕，闭上眼睛，也只能是在未央的夜开始慢慢心碎，慢慢流泪。那心碎像是因为姚谦，像是因为昏迷不醒的父亲，又像是看到仅有的、残存的梦被一块块撕裂。

第二天午饭过后，我去拿父亲的检查报告，收到姚谦短信。

"我在厦门，我来找你。"短短几个字，扎得我又暖又痛。

万万没想到能再次见他，是在这种场合，这个时候。

我不想见。

我噼里啪啦打下一串文字，删除。然后再输入，再删除。

当我气喘呼呼跑到楼下看到那个熟悉的背影时，还是愣了许久。他剪掉了长长的头发，笑起来有了法令纹，身上也不再是棉麻长袍，果敢利落的衬衣，水洗牛仔裤，运动鞋，俨然普通都市白领。这个姚谦与一年前站在"风烟俱净"阁楼的主人，判若两人。

"你来做什么？婚姻生活真是择人而噬呵。"我将一肚子的话从嘴边咽下，只丢出这么一句冰冷冷的讽刺。

"来帮你打官司。别忘了我是律师。"他依旧如从前那样，一丝不苟。

"不用的，本地就有很多律师，不需要你远道而来。"

"你的事，他们不懂，而且我不收费。"他扬起曾经那张温润、无公害的脸。

"你也是外人。"

"都这个地步了，你还往外推我做什么？"

他大概是想告诉我，识时务者为俊杰，就像姚谦知道，我必然会成为识时务者。

母亲对姚谦印象不错，但丝毫不知姚谦已婚事实。父亲昏迷期间小政来过一次，眉眼之间，透露过一些秘密，比如李航还不知道我这边的情况，比如姚谦谎称去外地出差很久，比如工作室已经托人打理，比如那些关于扎染和大理的往事，甚至在他看来我和姚谦难成眷属的遗憾……

二十天后，父亲从昏迷中醒来。遗憾是，他失去了所有记忆。对事发当天的状况毫不知情。我们全家空欢喜一场后，姚谦对我发誓："一定要找出可恶的肇事者，我要帮你们打赢这场官司。"

我对母亲谎称：姚谦是我大学老师，曾经追求过我。现在厦门做律师，暂时不收费。母亲信以为真，并幻想得到这位乘龙快婿。

就这样姚谦"陪着"我们一家，开始了漫长的"讨公道"之旅。他在医院附近租了一间简易的房子，一台电脑，一张律师从业资格证，一颗赤子之心。酷暑六月，他陪我带父亲做司法鉴定、伤残鉴定，去事发地点勘察、去采证，为了争取最高赔偿他陪我去老家开政府证明，开父亲的收入证明……他俨然这个家的一份子，终日奔波，不诉疲惫。

李航加我微信，并随之将头像改成她与姚谦结婚照片，发来信息："舟藭，有时我宁愿是你，做姚谦君子之交的朋友，做他一意孤行庇护的学生，而不要做他可有可无的妻子。"

我羞愧，却无力解释。

"我想放弃，找寻证据如同大海捞针，打赢官司更是异想天开。而且，你不可以不顾及李航的感受。"我劝姚谦放手，帮他买了回程机票。

"你的不理解才是我的最痛之处，我对你没有非分之想，我只是在尽一个律师的本分。现在扔下你们，我还是人吗？你放心，打赢官司我就走。"我们不再拗撬。

两百多天的辛苦后，十六摄氏度的厦门，褪色的天空下阳光慵懒，姚谦几乎是涕泪交加地冲到我家楼下高喊："舟蓊，我找到目击证人了，找到你爸爸被撞的证据了。"

　　后来才知道，姚谦四处求人打听，四处托人查证。他的朋友圈子里，我父亲的事情已经人尽皆知。我是那么清楚，清高桀骜的姚谦哪有几个真正帮忙的朋友。

　　我冲到楼下，撞向他的怀里，这是我第一次抱他，官司胜利的欣慰、对他陪伴的感激、对李航的愧疚，还有得不到的遗憾。诸多感受，交缠一起。

　　"你看，你要信我。"他将我搂得更紧。"其实，我也没有想到会有这一天。像你说的，坚持下来，总会见到阳光。"

　　肇事司机被绳之以法，姚谦将这个证据不足的官司打赢了。

　　"我要邀你痛饮庆功酒。"我说。

　　"好。只要你开心。"他说。

　　姚谦以牙还牙。当我们备好"谢恩宴"时，他却神不知鬼不觉地坐上回程的飞机。

　　"怕我留你吗？"我嗔怪。失落又失态。

　　"你当初不也是这样吗？"他迅速回了这几个字。见我久久不回信息，他又回："不逗你了，你师母快生了，我得赶回去。还是男人简单，不必经历生育之苦。"

　　"谢谢你，姚谦老师。"我删除了手机编辑栏里长长的一大段情话，换成这七个字。

　　"应该的，舟蓊爱徒。"

　　他的不告而别令我失落至极，但又轻松无比。

　　细细想来，那些日子，再大的事，四目相对即刻心领神会；纵使远隔千里，彼此时刻牵记。情谊再重却不肯越过师徒。我想，姚谦可能从未爱过我，但我却不能否认他的确曾以"知我如己"的姿态真实走进过我的生活。

那天删除的是这段文字："静听心曲而不谈风月，涵容悲喜却不越雷池，所谓知己，因你知我如己。"

别了，新西兰

可我还在想，奇怪，那个不轻易许诺的少年，让我对明天充满期许，为什么不肯出现在我的明天里。

（一）

自小恨透漂泊。

但爸爸曾是摄影记者，游历不少国家，瑞士滑雪、日本赏樱花、巴西看球赛、奥地利听歌剧……爸爸希望他的女儿继承热情，一一尝试。

大学毕业后，见我对留学毫无兴致，姨父劝说爸爸将我留在他的星级酒店实习。一则体验生活，二则了解生意，他必然说服我乖乖留学。爸爸欣然应允。

"去你姨父那吧，锻炼你，我也放心。"爸爸说。

日本旅行归来，我即刻成为姨父酒店的前台接待。那时没有微信，没有男朋友也没有苹果手机，下班后三五同事常去海边吃吃喝喝，周末在家打球温书，偶尔听爸爸讲海外逸事，日子清澈见底。

两个月后，清澈不再。

"这是段辰西，来实习，以后请大家多关照。舟翦，等下你到我办公室来下。"扔下这么一句话，姨父将我与这名腼腆男生喊进办公室。

不过初次见面，却像暌违多年。他双臂抱在胸前，看牢我。

段辰西长我几岁，不健谈，但有修养，剑眉星目，文质彬彬。对于他，姨父没有过多介绍。他被安排在行政部，酒店属于军区接待中心，对员工的选拔条件自然苛刻，能被招聘进来，想必这个段辰西有一些工作能力，我暗自思量。

他沉闷冷静，偏爱格子衬衫，几件同款同色牛仔裤。经常翻着一本灰白记事本发呆。总之十分普通，没有特色中自有他的特色。

"段辰西，给你带了包咖啡。不用谢！"午后见他打盹，我将越南买的咖啡扔在他面前。

"心领了，我只喝美式。"他将咖啡还给我，三言两句便令我羞愧难当。因为此事，我几天没有和他讲话，偶尔电梯相遇，他打招呼，我不理睬。

某天，段辰西给我发了个信息："周末忙不忙？文化宫看《白鹿原》，有没有兴趣一起？"

"心领了，我只对歌剧有兴趣。恐怕让你失望了。"我特意去他的办公室扔下这句话，以确保整个办公室都能听到。

他不回复，只是笑笑。

周末，我鬼使神差去了文化宫，假装路过、偶遇，而他又刚好备了两张票。顺理成章，我们看足三个小时的话剧。

"冰释前嫌"后我总下意识朝他那个位置看，有时目光交错，他微微一笑，我目光躲闪。更要命的是，我竟然在好几个夜里，梦见段辰西。

后来，我们开始在 QQ 窗口没完没了侃大山，从法国革命到布尔乔亚，从文学名著到程序代码，从阿姆斯特丹红灯区到乌镇的评弹，从西藏的朝圣者到新西兰的猕猴桃……有时周末相邀去海边看日落。

总是我问："你还有事吗？"

他说："没有。"

我说："我也没有。"

然后，盘腿坐在海边，腥咸的海风拍在脸上，聊着聊着就天亮了……

"我从来不知道，你这么能聊。"他说。

"也看跟谁。"我回。

那天公司组织，玩"真心话与大冒险"，段辰西的"惩罚"是吻我。他没有拒绝，我也不反感。"我想吻眼睛可以吗？"他征求。"随你。"我说。第一次没有成功，第二次，他吻得很用心。

原以为蜻蜓点水，事实并非。

"假戏真做，我看你们非常享受。"同事起哄。

（二）

发觉我们喜欢对方的时候，晚了。

他的不辞而别尽管在情理之中，却在我的意料之外。听人说他去新西兰读书了，仅此而已。直到他的位置被另一位工作经验丰富的男士替代，我彻底失控。看吧，那个"吻"令我误会至深。

"我要越过苍穹，亲口退还给你，我满嘴回旋不止的吻痕。"一个深夜，我百无聊赖，将复制的情诗发向段辰西 QQ。发完便懊恼。

消息石沉大海。难过是必然，哭泣也是必然。他走后不久，我到日本留学。

重回寄生虫生活，但我广交朋友，混迹各路旅行论坛，段辰西讲过的大千世界，一帧一帧在我脑中拼接。想他的时候，我偶尔会想看看南半球的天空。

很巧，在旅行论坛结识新西兰籍大学生罗希。不多久，因为同样直言不讳，我与罗希成了无话不谈的好友。他在新西兰，对中国文化却十分了解。

段辰西回复信息是在两个月以后："我在新西兰读书，走得很急，来不及告知。那个吻，只是个游戏而已。"

十四个月后，我决定瞒天过海只身飞往太平洋南部。对我而言，说和做，一样冲动。一波三折，最终拿到签证。

出发前往段辰西曾用的 QQ 邮箱发了一封简讯："你的吻，还给你。"

依旧没有回复。

大概有爱不觉天涯远，第一次独自远行，恐惧统统抛至九霄云外。

邻座的日本大叔问："旅行还是工作？"

"去谈恋爱。"我骄傲地说。

"勇敢的女孩。"大把的日光穿过机窗洒在大叔红润的脸上，一切那样美好。

世间不见得好人比坏人多，但仍有好人。罗希信守承诺，从皇后镇驱车至机场接我。罗希与同学合伙在皇后镇经营一家换宿旅馆，专门给世界各地的旅行客提供服务，不过最近生意不好。这辆雪佛兰轿车是他创业所得，一般客人不由他亲自接送，但我不一样。彼时，他特别得意。

罗希生着刀削一般立体的脸，会英、法、毛利语等多种语言。三天时间，我们逛遍博物馆、动物园、天空塔、中央公园。

"开心一点嘛，我忙得半死，讨你开心，你看看你，反倒不开心。"

罗希说。

"我很开心啊。就是有点累。"关于段辰西，从未向他提起。

他不是我的，但是我的秘密。

第一次去但尼丁找段辰西并不顺利。按之前打听的消息，找到奥塔哥大学，却发现校园里根本无人认识段辰西。乘兴而去，花光所有现金，又败兴而归。

"学习如何？"爸爸电问。

"一切顺利。复习紧张，下次再说。"我挂断电话。

骗了爸爸，心里过意不去。恳求罗希帮我找份临时工作。罗希办事效率极高，拜他所赐，几天后我成为猕猴桃包装厂临时工，薪资可维持基本生活。遗憾在我很快就因颈椎不适辞职。

罗希非常自责，买来颈椎治疗仪。

接下来我每天搜罗招聘启事，喝凉水吃特价面包，到处找临时工作。一天下午路过罗希的旅馆，借水洗脸，镜中自己面黄肌瘦，精神萎靡。

"来我旅馆帮忙，付你薪水，管你食宿。"罗希看不下去。

"可旅馆并不缺人。"

"马上就缺，劳利辞职了，他刚好考飞行执照。"

"你把人家解雇了？"

"是互相帮忙，他很开心帮我的。"他很得意。

也好，至少在本地有个依靠，有了罗希，找段辰西会容易许多。我想。

"女孩在任何情况下，都需要自己有收入。"他抓起我的行李箱飞快钻进楼道。

我大概给他一个缺钱用的印象，十分不济。但愿快点找到段辰西，这样就不再需要投靠罗希。

白天留在旅店打扫房间，登记住宿，晚上去附近的酒吧端盘子，后来旅馆忙不过来，我干脆辞去酒吧的工作，专心在旅店招待中国客人。罗希每次从学校回来总会给我带个别出心裁的小礼物。

直到那天早上，罗希匆匆忙忙跑到旅馆将我拽上车。

"一大早去哪？"我睡眼惺忪。

"去我爷爷的农场啊，上次聊天，你说想到新西兰和心爱的人一起喂马。现在你心爱的人很想带你去。"

虽知罗希心意，但这番对号入座令我忍俊不禁，准备好的大段调侃突然如鲠在喉，但又咽不下去。"你误会啦，我又不是说你。"我僵着脸。

"你的 Facebook 明明写爱在新西兰嘛，骗谁？"他翻开手机。

"爱在新西兰，但不是你。好吧，是段辰西，我的中国男朋友，他在奥塔哥大学。我准备在你这里赚点钱，尽快去找他。"憋得难受，一五一十全招供。

"这是真的？"他瞬间僵在驾驶室一动不动。我不再解释，不一会儿他发动引擎。"我带你去喂马。"

话既已出口，伤都伤了，我不再安慰，也不与他拗撬，乖乖爬上车。

"你说去哪就去哪。"我说。

因着愧疚，我见缝插针讲述段辰西的点点滴滴，他一会儿让我闭嘴一会儿求我讲话。自从得知段辰西，他就一直眼眶通红。

"我们去奥塔哥找你的男朋友！"罗希突然调转方向，打开导航。"这是他的地址。"我将从姨父那打听的地址誊抄数遍。车子疾驶在通往但尼丁的公路上，罗希长长的睫毛上还挂着清澈的水滴。

"对不起嘛！"我一路道歉。

（三）

校园内，罗希将车停在宿舍至教室的必经之路。

"段辰西！"

我鼓足勇气，冲那个穿白色套头毛衣，浅蓝牛仔裤，抱着一摞书的年轻背影喊道。若非那只斜挎包，我哪敢确定是他。那只包，是姨父酒店团建发的奖品，普普通通，却十分罕见，我赠与他。

他回头，依旧清癯，目光在人群中搜寻，继而马上认定是幻觉。

"段辰西！"我又大喊一声。

他再次转身，目光搜索到我，愣了十几秒。那双眼睛似这新西兰秋季的阳光，温暖明亮。

"你怎么会在这里？"他满心疑窦却故作平静。

同一时间，他望着雪佛兰轿车，眼中似有不安。

"来找你啊。那是罗希。他带我来的。"我将头瞥向身后的雪佛兰轿车，用下巴指着罗希，突兀地做着介绍。"我朋友。"

罗希将头埋得很低，假装若无其事地戴着耳麦摇头晃脑。

"你们吃饭了吗？"他可能实在不知该说什么。

"现在几点？吃什么饭？"我见他尴尬，自己也无地自容，大声喊罗希。"嗨，罗希，他就是段辰西。"

"苏，为你高兴。"罗希走来，高大的身子，遮住恰好打在段辰西肩上的一束光。

"你好，段。我是罗希，苏的朋友。"

"你好，罗希。我是段，苏的朋友。"

"她找了你很久，我很高兴。你们可以一起去我爷爷的农场喂马。"

"什么喂马？"不等段辰西问下去，他又转身对我说："苏，我必须先回去，今天店里的住宿客人很多，请保持联系。"

"一起吃饭。"我留他，其实店里最近生意根本不好。

"我现在不想吃。"他拒绝。

我们站在原地目送罗希离开。

想到这一年多来对段辰西的想念，以及来新西兰所受的"苦"，心中百味杂陈，瞬间泪水扑簌。

"你怎么哭了？"

"不告而别很好玩吗？"我抢白。

段辰西愕然，只得一把将我搂在怀里，任手上的书散落一地。我箍住他，他沉重的呼吸像一匹丝绸被沉默缓缓地撕开。

我们明显流泪，嘴角又是笑容，像煞久别重逢的一对情侣。

十九岁，生命里所有的阳光都来自段辰西。

（四）

第三天，罗希将我的行李箱送到但尼丁，头也不回地走了。

段辰西为我找了份工作，在他学校附近"橄榄"甜品店当糕点师助手，并就近为我租了间公寓。

起初上下班均由段辰西接送，后来偶尔没课他也来找我，有时送张音乐碟，有时送些免治牛肉，他惜时如金，也从来不提及学校的事。我们约定不去学校找他。

段辰西从不讲我是他女朋友，面对同学的调侃，他也不否认。每次安全送我到家，他便匆匆赶回学校。不说过分亲昵的话，可关心又是真切的，买菜到公寓为我做饭，拖地洗碗，修水龙头，洗被子，有时深夜会打电话提醒我锁好门。可从那次见面后，他再也没有抱过我。

某个周末，段辰西急匆匆跑来找我，他小心翼翼地打开一个乳白色精美包装盒。"是什么？"我窃喜。

"我在课余工作中拿了个小奖，一份礼物，你拆开，也许并不喜欢。"

"圣诞节恐怕还早。"我说。

"认识那么久，还没给你送礼物。"他的平静反倒拨动到我伤感神经。到新西兰这么久，我和段辰西的关系长久处在"君子之交淡如水""待在一起很舒服"的阶段，那种隔靴搔痒的关系比朋友近一点，比爱人又远一点，总之十分尴尬。

是一件象牙白英国诺丁山制的真丝裙。陈年旧款，却非常合身。

当晚在"瘦猴"酒吧，我见到段辰西在这座城市仅有的几个朋友。小型聚会，段辰西在介绍的时候，没有说我是他女朋友，也没有说不是女朋友，我已懒得治气，没有人在意这些细枝末节，我投入狂欢。

段辰西忘情弹唱《yesterday》，几名女生十分赏脸，又亲又抱。我瞪他，随手捞起一大杯鸡尾酒，一饮而尽，跌跌撞撞钻进舞池。段辰西见状，迅速从另一角落蹿到身边，一把抓住我的胳臂，恶狠狠地说："苏舟篾，你差不多就行了，一个女孩子这样像话吗？"

"你凭什么管我？我愿意喝多少都行，你算什么人？"我一脸漠视。

弹贝斯的男生看出一些端倪，速速给我递过一杯果汁。"段，好好照顾你的新女朋友。"听到"新女朋友"，我的火气剧增。

回家路上我假装烂醉，跌跌撞撞倒在他的怀里。半路落了雨，晚班巴士已停，而我咳嗽不止，他半拖着我，将所有外衣包裹着我的身体，嘴里咕哝，心疼又怨嗔。

"旧女友是谁？"

"你喝多了，衣服你穿着，我就不上去了。"段辰西依旧像往常一般将我送到公寓楼下，然后转身准备返校，寒风刺骨，昏黄的路灯将他的影子拖得愈加孤单而瘦长。

"段辰西！我到底是不是你女朋友？"突然酒醒，靠在公寓斑驳的老墙边喊。

他停下，没有转身。"难道在你看来，男女之间只能成为恋人吗？"

我几乎要哭，狠狠丢下一句："我漂洋过海来找你，可不是来和你做那见鬼的君子之交。"

他愕然："知道。你早点回日本念书吧。"

"好，如果不做男朋友，那以后永远不要来找我。"不等他再说下去，我已钻进漆黑走廊的最深处。房东欧洲度假，走廊的灯仍旧无人维修。跌跌撞撞走到楼梯，我的泪才落下。

（五）

果然段辰西没有再来公寓，也不去蛋糕店找我。我们陷入不明不白的冷战中。

中秋那天，正值新西兰冬季。因为感冒又发烧，蛋糕店老板批给我两天假。蜷在窗边老旧的皮沙发里复习功课，窗外沁凉的风呼啦啦作响，抬头一看，雪片似鹅毛飘落，街上已积起一层厚厚糖霜。

我将身体探出窗外，伸出舌尖，把雪片舔进嘴里。

壁炉生着火，我却觉得冷极了。不知何故，又犯了肠胃炎的老毛病，慌慌张张地抓了一把止泻药吞下，裹着毯子在地板上昏昏沉沉地睡去。

原本打算去学校找他，但思来想去还是忍住了。"这次说什么也不能低声下气去找他。"

清早被冻醒，推开窗，几枚脚印歪斜地嵌在街中央厚厚的积雪里。有人敲门，是段辰西又提着蔬菜水果、免治牛肉、月饼零食和一些白葡萄酒来找我。他的头上和肩上落着雪，裤管和靴子已浸湿。尽管心里乐开花，但最好装作矜持。

"你来做什么？"

"药先吃了吧。蛋糕店老板说你生病请假，昨天晚上有事，我就没有过来。楼道的灯我已经修好了，中秋快乐。"他伸手在我额头探了探："还好，不是很烫。"说完他煮好开水，又从那一堆食物中捞出一只冰冻的鸡，然后转身到厨房找炖锅。"给你补补。"说完他去了厨房。"娇生惯养，金玉其外。"厨房不时传来他的抱怨。

"我不会做饭，来新西兰大部分是罗希管饭，有时在旅馆，有时在速食店。以后就靠你啦。"我"嗞拉"咬开薯片的大包装袋，狼吞虎咽，恬不知耻。

"我不可能管你一辈子。"

懒得置气。我将昨晚剩下的垃圾食品用脚踢进沙发底下。段辰西特别讨厌垃圾食品，就像他特别讨厌劣质衣服，廉价产品。

饭后我们卧在沙发里看《罗马假日》。两人突然聊到意大利电影以及文艺态度，又陷入了争执，最后以他投降平息。两人在那夜都尽可能忘记稍早发生过的事。

"雪那么大，今晚你就住这吧？"我在他要回去的时候，拽着他的衣角试探。

"不太好，男女授受不亲。以后解释不清的。"他镇定冷静。

"有什么解释不清，谁来问？"我用嘴轻轻贴近段辰西耳畔的一小片皮肤说。他脸红，随即笑起来。"哈哈，不行，绝对不行，你还是个孩子。你家人知道会很生气。"

"十八岁就成年，不如我二十岁生日时，你陪我去奥克兰，陪我去皇后镇、基督城、激流岛，再给我讲顾城。"

"可以，但你最好回去完成学业。这样对大家比较好。"他又借故离去。夜晚的深蓝染亮他的背影，我开始盼望二十岁到来，盼望和段辰西有一次疯狂的亲密接触。

过了两周，他又来了，背着硕大双肩包，手里攥着车钥匙，嘴角一扬得意地说："愣着干吗？赶快收拾东西啊。"

"干吗？搬家吗？"

"你不是要去奥克兰，去皇后镇，去基督城吗？我向同学借了辆车，跟学校请了假，现在带你疯游新西兰。游完你早点回日本念书。"

"那么着急赶我走？"我以迅雷不及掩耳之势，火速收好行李。

"带哪件外套？"我拿起两件外套问。

"都带吧。"

"穿哪双鞋子？"

"白色吧。只是短途旅行。"

"你电话借我用下。"我趁他不备抢过手机。

"做什么？"他抢回手机。

"给蛋糕店请假啊。"

"帮你辞职了。一惊一乍。"

"唉……真是的，又辞职。"我窃喜，他狂笑。

坐在副驾驶，盯牢他俊朗又忧伤的脸，突然像一只在沙漠中行走很久的骆驼，脑海反刍我与段辰西之间的点点滴滴。

"你是不是在新西兰这两年来过得很不开心？"我突然问。

"不会，你为什么会这样问？"

"不知道，我感觉。"

"是吗？在你来了之后有点，否则我现在正在床上睡大觉，在阳台喝咖啡……不过生活的际遇谁知道呢，我也没有想过你会出现在新西兰……"他突然又不说话了。"我去给你买瓶胃药。"路过药店时，他停下车。

他将胃药及防晒喷雾递给我，我盯着他下巴坑坑洼洼的痘印和眉间的皱纹："看来新西兰的水土不养人。"

"所以你该早点回去，别让家人担心。不过你的签证也快到期了。快了。"他心神不宁。

顺其自然。旅途奔波的疲惫让我快速沉沉睡去。将头埋在段辰西的羊毛外套里，贪婪吸吮，还是熟悉的白玉兰香味，我最喜欢的白玉兰。

（六）

醒来已至惠灵顿。

"在厦门听你说过，惠灵顿的羊肉世界闻名。"

"你还记得？"我得意忘形，垂涎欲滴。

"你说过的，我都记得。"

他点了四份羊排，大快朵颐后，已近黄昏。的确美味，我们喝得脸颊红粉绯绯。

住宿方面，为了节省起见，我建议合住一间。他犹豫再三只好照办，毕竟目前都不宽裕。

"你睡床。"见空间逼仄，他故作大度。

我斜睨，他急于解释："我肯定打地铺。"

办好入住，我吵着要去酒馆。

"不行，太乱。"

"不怕，有你。"

"好吧。你可保证不喝酒。"

"好。"

钻进酒馆，我们喝得像没有明天。钻出酒馆已是午夜，齐声哼着"GO WEST"摇摇晃晃朝旅馆走回。走着走着，双腿发软。

翌日醒来，彼此竟是相拥睡在公园的长椅上，大束阳光洒在脸上，不知哪位好心人给我们盖上两件厚厚的大衣。发型狼藉的我们看着一身酒气的彼此，捧腹大笑。

他的食指，牙印很深。我有个坏癖，醉酒喜欢咬人。

"等我回国后，我们在一起。"基督城的 Cathedral Square，段辰西突将嘴唇贴在我耳畔。

"你什么时候回国？"

"很快了。"

"好。"我点头如捣蒜。在我看来，他是那样一个吝啬于许诺的人。

那几日真真惬意，我们穿过繁华的街道去 Chilling Worth Road 品尝当地小吃，在瓢泼大雨的午后跑到兰顿码头喝咖啡。

段辰西问："喝哪种？"

"不知道啊，这种，这种，这种都喜欢。"我故意逗他。

"那一样一杯。"

放晴后，他带我去奥塔拉市场买打折的衣服首饰。"你不是不喜欢劣质的东西吗？"我问。

"谁说那里的物品劣质啦？"他用大衣裹紧我。谁会想到，他惜字如金，却因我看中一条披肩，而用蹩脚的毛利语和当地人砍价。令人捧腹大笑。

"要不要去蹦极？"段辰西执意要带我去天空塔蹦极，我不肯，他拖着我。我们被面对面"绑"在一起抛向高空。宝蓝似丝绒般苍穹中繁星点点，闪烁不已。

我紧紧抓住他的衣服，大脑一片空白，想喊些什么却始终喊不出来。他柔软、滚烫的唇贴在我的嘴边，紧紧贴住我的唇。呼呼啦啦的风盖过段辰西急促的呼吸。我们的身体在高空划着弧线。

人生第二次高空蹦极后，我差点将整个胃都吐出来了。

"段辰西，那次是你的初吻吗？"我躺在激流岛乡村旅馆的床上问他。彼时他正和我讲顾城，他最喜欢的诗人。

他不讲话，嘴唇却诚实地贴住我的唇。

醒来发现他正睁着眼睛望着天花板，Y形胸毛被浴巾遮过一半。

"你在想什么？"我爬到他身边。

"我在想，你英文那么烂，是谁给你勇气漂洋过海来找我。"他长长叹了口气。

"得怨你，谁叫你莫名其妙吻了我，又不告而别。"

"那只是个游戏。"

"你当我们是游戏？"

"不是。我说不清。你记得，不论做什么事情，都要为自己而做，那就毫无怨言。"

空气凝固。

"我不来，你会回去找我吗？"我问。

"我从不对没有发生过的事情做假设。"不一会儿，他佯装熟睡。他比曾经沉实许多，异国他乡，也许确实过得不易。

半夜我醒来问："睡了吗？"

"刚醒。"其实，他根本没睡。

"我们手拉着手吧，就这样牵手而眠。"

他说："好。"

"抱一抱我好吗？"

他说："好。"

我说："我不想穿衣服。"

"不好。"他说。

我在等待二十岁，迫不及待。

洁白枕上，回忆纷沓，蒙着被子，真好，即便流眼泪也看不见。

第二天，段辰西的学校打来电话。我们不得不提前返回但尼丁。

（七）

我哭着去找罗希，是在段辰西再次不辞而别时。

去奥塔哥找他，校方说他已经休学。整整两周，段辰西人间蒸发，与上次如出一辙。望着镜中委顿不堪的自己，我想不出比罗希那更好的去处。

"很明显，他在躲你。"听完我絮絮叨叨，罗希一脸鄙夷。

"你一定有办法帮我。"我央求。

"我没有办法。"罗希扔下我，带上车门绝尘而去。我在牧场的围栏外蜷作一团，整个人像被掏空胸口，永不想面对天日。不知罗希是晚上几点将我抱进房间。醒后开了爷爷的酒，醉倒，昏睡一宵。再醒来第二日的暮色已合拢，我瘫在阳台，直打哆嗦，额头烫手，罗希说，是病了。一直端茶倒水，小声安慰。真好，怪不得人人爱装病。罗希告诉大惊失色的爷爷，他喜欢的中国女孩，此刻为情所困。

再次因胃病进了医院，罗希日夜照顾。病愈后，他不再提起段辰西，对我不冷也不热。

"你不喜欢我了吧？那就好。"我问。心中歉疚，凭什么让他为我两肋插刀？

"不知道。"

阳光通透的下午，他将我拽上车，驱车疾驶去了段辰西的学校，我们找到他的室友 Ben，就是瘦猴酒吧给我果汁的男孩。

Ben 说："苏，段休学了，听说他要回去结婚，不是和你吗？"他看起来比我还要悲伤。

没办法，罗希从好事者口中打听到段辰西休学去结婚了。我知道他想留在新西兰，但从来不知他的计划是和别人结婚。

清理一切关于段辰西的物品，行尸走肉般回到皇后镇。

"苏，段只想留在新西兰，我见过许多这样的男孩，他们只是为了留在新西兰。段的规划里没有你。"我的心里话，被罗希一吐为快。

"闭嘴！"自尊受创，一巴掌掴在罗希脸上。"你大可不必这样侮辱他。"

"你让我失望。"罗希扔下钥匙气愤离去，这次他没有再回来找我。这一巴掌，彻底打散了我们之间的情谊。

叫罗希的新西兰少年，他从机场接我来，又到机场送我走，他有着和我一样的执拗与傻。可是谁又来给我一巴掌打醒我呢？我问自己。

"罗希，你是我最好的朋友，你对我仁至义尽，我将终生感激。"

"苏，你是好女孩，我依然喜欢你。"罗希飞吻。

我双手合十，隔着安检向他招手，那声"对不起"最终没有讲出口。

回想这一年，荒唐至极。

回国后终止学业，求得爸爸原谅，成为本市摄影记者，由他曾经的徒弟亲自带着。也几乎是在那段时间我疯狂爱上独自远行，天南地北，说走就走，我学习钢琴，操流利英文，只喝美式咖啡，独自去看话剧，却再不敢轻易去吻一个人。

几年间没有段辰西的任何消息。

有年参加姨父公司尾牙，第一次听人谈到段辰西，他父亲原是某地高官，因受贿而锒铛入狱，也是那一年，他被继母"逼"到新西兰……我像个局外人那样听着他的故事，却无法忍住不去打听段辰西。

"段辰西怎么样了？就是那个曾经在你酒店工作的男生。"我问姨父，并装作只是随口问问。

"哦？他呀。不清楚，与他父亲断了往来。听说那小子出去留学了一段时间，后来又莫名其妙离开了，摊上这样的家庭，可惜了。"姨父像躲避瘟疫那样，绕过这个尴尬的话题。

"打听这些做什么？聊点对你有用的事情。"

"没……就是随口问问。"我失魂落魄。

姨父笑笑，不再回我，很快钻入觥筹交错里。

二十岁已过去很久，甚至已经忘记在雨未断过的季节里，自己如何认识段辰西。去年冬天，独自前往新西兰，租车去了奥塔哥、皇后镇、激流岛，去了段辰西带我去的每一个地方。任回忆纷沓，却流不出一滴眼泪。爸爸说，世间不缺情深如海的男人，只怨你自己没本事。

可我还在想，奇怪，那个不轻易许诺的少年，让我对明天充满期许，为什么不肯出现在我的明天里。

演员

他成熟了，一头碎发推成平头，白皙的皮肤养成小麦色，依旧是那样言谈得体，笑容温暖。只是他现在的名字不叫谢安宁。

（一）

林欣躺在剧组宾馆的床上，滔滔不绝，讲起原本打算赴英留学的事。聊到一半，她话锋一转："杀青后，一起去丽江玩玩？"一双眼睛猎隼一般。

"不去。你既然已经决定好好拍戏，不能总想到处去玩。"我躺在另一张床上说。

"舟嫣，你的语气像我爸爸。"小小身体钻进被窝。

"啪"煮水壶跳闸。饿到晕眩，但我俩相互推脱对方起床泡方便面。一番唇枪舌战，我从温暖的被窝钻出，哆哆嗦嗦地泡好方便面与两大杯普洱。再躺回床上竟又昏昏睡去，继而被电话惊醒："林欣小姐，剧组让你去片场。稍后有车来接。"

"知道了。"我愤恨挂掉电话。

"剧组电话，让你马上去片场。"我钻回被窝。

"不是说没有我的戏吗？这个样子怎么马上过去嘛？头没洗，妆没化，每天演的都是什么乱七八糟啊，就不会提前通知吗？这个剧组真是太不靠谱了。"林欣从床上跳起，不停抱怨。然后快速切换洗脸、化妆模式。

匆忙吞下几口冷面，林欣踩着恨天高下楼。她在剧中扮演一名受气保姆，有台词。而我，是个只需在男女主角身后来回走动的路人甲，去与不去区别不大。

目送她钻进剧组的车，她挥舞手臂，示意等她回来。探眼望去，夕阳拖着尾巴，枯黄一片铺洒在路的尽头，余晖冷清，由窗棂浸到室内。

江苏之冬不比北京暖和。

林欣走后，我接了妈妈一通电话，她絮絮叨叨，问在江苏是否习惯，演得好不好，然后聊起外婆，外婆又住院了，爸爸生意不好做……我安慰几句便以"导演喊我"为由，挂断电话。

夜不着痕迹地流窜而来，半个月来，名义在演戏，其实没角色。当时定的女三是我，后来突然换了林欣，理由是形象不符。进组才察觉该片拢共三个女性角色，女三就是林欣演的那名保姆。想到这，十分气馁。

谢安宁电话进来，问是否去 KTV。

摁断电话，敲门声响。

我与谢安宁、林欣同班，这次被一起送来江苏拍戏。谢安宁自进组第一天饰演某个观光旅客后，便再未露脸。此次共有五名同学被剧组选来，我、林欣、谢安宁、莫莉与 A。当初五人指天发誓，戏比天大，有始有终。

莫莉天天抱着一本《演员的自我修养》，逢人便讲戏，有天在现场把导演讲通了，代价是她被逐出剧组。谢安宁与 A 同学住我对门，A 同学压根未在镜头前露面，索性自暴自弃，天天喝酒泡吧，准点去剧组领盒饭与水，到后来连盒饭都嫌麻烦，直接外卖送至酒店。

A 之所以叫 A，源于在学校看完《V 字仇杀队》，自编自演一档电影《A 的爱恨情仇》。

谢安宁大包小包，进门后东闻西嗅，"什么味道？"

"倒在马桶的泡面。"我戴着蒸汽眼罩，假装刚刚没哭。

"真是够了，腐朽堕落，老林呢？"

"组里来车接走了，说是下午有戏。"

"拉倒吧，就那场小保姆被解雇的戏，还没拍完呐？"

一看他手上提着酒，又好像提着一些薯片饼干之类的零食，我立刻满血复活。谢安宁反锁好门，神经兮兮地坐在我旁边问："说真的，他们都说你那个角色……老林爸爸做了手脚吧？老林是不知道还是假不知道？"他为我打抱不平。

"听谁瞎说，没有的事。"我避开这个话题，"嗞拉"一声咬开薯片膨胀的袋子，问起 A 同学去向。

"A 这段时间情绪很不稳定，泡吧打游戏，和老家的女朋友煲电话粥，各种吹牛。女朋友想让他回去，估计坚持不了几天。"他脱下外套开始帮我们整理房间。

谢安宁高大白净，有好看的笑容与虎牙，典型阳光男孩。平时喜欢看书、健身、弹吉他。一副没心没肺与世无争的清澈样子。对了，他小我三岁，彼时刚满十九岁。

在学校时，彼此搭档排戏，情侣、夫妻、父女、母子、仇人……什么角色都演过。他曾在毕业晚会上醉酒向我表白，我装作比他更醉，然后便终止下文。

"谢安宁，你后悔吗？"我严肃问他，"我挺后悔的。"我又补充。

"为什么要后悔？只是暂时而已，你我都是普通人，知事，定性，追梦……"

"知道了。"我捂住他的嘴，因为每次聊到这些，他准搬出一堆励志道理，好像自己刚过完这一生。

（二）

林欣回来时，我与谢安宁刚吃过晚饭回来。

"岂有此理。"未见其人，先闻其声。

林欣踹开门，谢安宁被吓了一跳。

"哎哟，林保姆您小声一点好吗？别搞得被人非礼加谋害一样。这屋可就我一男的。"

林欣白了他一眼，开始怼他："我从来没把你当个男的。"浓厚妆容已花得一塌糊涂，狼狈至极。

"又白白等了一下午。既然女主角哭不出来那就让我去演啊，哭不出来演什么戏？早知如此，还不如待在酒店和你们一起谈情说爱，挥霍时光。"她没好气地讲。

一本书飞去，她马上噤声。谢安宁抱着膝头欲言又止，见我挤眉弄眼他也不再说话。

"陪我去吃宵夜。"林欣卸妆完毕。天色昏暗，我们作陪。深夜回来路过酒店大堂，撞见剧组收工回来。

场记脸容疲倦："还是你们跟组演员安逸，导演都没夜宵吃呢。"话对我们讲，眼睛却盯着谢安宁。导演身后那个脸色灰白的女主角鄙夷地瞥过我们。我与谢安宁埋首不语，林欣双手叉腰，下巴对着女一号，从鼻孔发出"哼"的一声。

"今天哭不出来，导致林欣白白等了一下午的应该是她。导演的女朋友。"谢安宁在我耳边轻声解释。

"你消息可真灵通。"我说。

深夜洗漱完毕后，制片主任在微信群里粘贴信息：明晚资方过来，女演员收工后直接赴宴。地址某某酒店。正想找谢安宁商量对策，他找上门来，气急败坏："鸿门宴"。

"变态剧组，明摆着去陪酒？我是演员又不是陪酒小姐。"林欣从床上跳起，怒摔手机。

我们拨通莫莉手机。

"为什么不去？绝顶好机会，一旦被资方看上，还愁没有戏拍？再说，都是成年人，谁会逼你们喝酒？"类似事情，莫莉与林欣的态度总是截然相反。莫莉在孤儿院长大，业余学的韩语才是一技之长，此时正陪男友乘游轮度假。

我与林欣权衡再三没有赴宴，尽管我知道这样做毫无益处。

翌日，不但我没通告，林欣的通告亦被取消。我们立刻坠入各种猜想，守住电话，度日如年。谢安宁劝："能混先混，反正管吃管住，还有薪水可拿，就当积累经验。有朝一日，片约不断。"

"去找主任道歉，伸手不打笑脸人嘛。"莫莉怂恿我们主动争取，去找制片主任道歉。

"不可能，打死也不陪吃陪喝，片酬事小，失节事大。"林欣的原则是：不管做什么，不能勉强自己。我像风中浮萍，左右摇摆，举旗不定。

下午时分，制片主任发来私信："你等下来我这。"未等我回复，电话进来。"319房，你来。有事。"制片主任掌握全组联系方式。

谢安宁与林欣蹑手蹑脚跟在身后，商定以"摔杯"为号。

一进房间，裹着浴袍的制片主任交给我厚厚一摞文件。

"拿去看下，这些资料是我等下要和A地（拍摄场地）负责人签订的场地租赁协议，明天你一起去。"他点燃香烟。

"主任……"我感到忧戚、惶恐、不安。

"助理请假回家，明天给我当一天助理。反正组里这两天没你什么事。"

"哦。"我傻傻应了一声，抱着文件匆忙转身预备告辞，却不小心踢翻墙角的热水瓶。

"啊"一声尖叫，谢安宁与林欣冲进房间，长久面面相觑。果然主任见惯风浪，淡淡扔下一句："都早点休息吧。"

A 地协议顺利签订，我得到制片主任高度赞赏："口才不错。你和那些女演员还真不一样，我看就你还能做点事。有没有兴趣改行做幕后？"

"没有。"我怕他试探，果断回绝。毕竟，一个演员要对自己的职业非常坚定。

"哦，晚上一起吃个饭吧。"

"不用了。"我又怕他试探。毕竟，一个演员要对自己的言行十分负责。

他耸肩又摇头："你吧，其实条件还行，脑子不变通，戏路就很窄。"

我抬头我笑："怎么改？"

"自己想想。"说毕，他大步流星朝片场走去。

开机至杀青熬去三个月。林欣共两个镜头，一句台词。我本来只作前景，不过那次 A 地协议签订后，被临时安排了一句台词。谢安宁自始至终只有一个中景镜头，却包揽场记的大部分工作。同学 A 只在开机那天露过脸，接下来除了领盒饭，大家难见他。

杀青那天，制片主任发放红包，说："辛苦各位同学，我们江湖再见。"

我们三人点头哈腰，接过各自那个红包，迫不及待躲进角落拆开。每人两千。

见我眼圈通红，谢安宁分我两百，又安慰："别哭。就每天混吃混喝，一句台词值两千，多好啊，以后一句台词说不定就值二十万啦。"

三人抱作一团，喜极而泣。

（三）

返回北京，我们搬出学校。四人就此加入北漂行列。

我，莫莉，林欣，谢安宁，合租公寓，两室一厅。莫莉早已将房子找好，房租由她男友提前垫付。均摊钱后，四人组成跑组"四剑客"，计划养精蓄锐一个月，然后冲出江湖。

谢安宁平时看似没心没肺，其实心细如尘，厨艺超班，又很会替我们着想，有时下楼跑步亦会给我们带回水果饮料，勤奋善良又细心。

"补充维 C，以后跑组皮肤好上妆。"他总将楼下水果店的特惠橙子一扫而空。

卫生由我与林欣负责，买菜做饭由谢安宁与莫莉负责。但凡轮到谢安宁做饭，家里绝不可能浪费一粒米，一棵葱。以前一直以为他吝啬，后来明白，他只是比我们更加懂得油盐不易。

莫莉自韩国回来后样貌骤变。开了眼角，垫了鼻梁，下巴更尖，她信奉，样貌决定命运，想要进军娱乐圈，硬件设施先搞好。直到现在，莫莉依旧认定上次被剧组"遣送"回来，问题就出在"自己不够漂亮"上。旁观者清，譬如她的台词基础亟待巩固。

此刻莫莉已十分自信，认为就算声台形表不过关，也可充当无声花瓶。四人之中，她是颜值担当。敷面膜及玩王者荣耀占据莫莉大部分光阴。

林欣每日关注明星逸事，刷综艺，偶尔看名人录。

谢安宁爱煲各种广式亮汤，健身房和图书馆是他常驻之地。

"演员没有强健的体魄怎能扛下去？没有强大的灵魂又如何坚持？"

我不太好，自江苏回来，对自己"戏路很窄"耿耿于怀，但又不想放弃演戏这路。

"你们去做个微整吧。"莫莉对我说。

"我不是你，你有金主，我只有举债的家庭。你有不怕死的精神，我没有。"我嚷。对于我的回答，谢安宁总是竖起大拇指。

我爱摄影，二手相机故障不断，有时宅在家中，翻看摄影杂志。总在想，戏路很窄，说不定能做美术。每当傍晚他们健身、购物、吃饭回来，我总目光呆滞坐在某个角落，久而久之他们习惯。后来谢安宁总提前两小时到家，闷声做饭。大家相处没有"谢谢"二字，狼吞虎咽权当肯定。

"我真是样样在行。"他在一旁看着我吃，自我十分感动。

潜伏第 29 日，谢安宁不知从哪询来：某大型古装剧正挑男女配角。四人欣喜若狂。

晚上我们四人洗手焚香后，虔诚拨通号码。接电话的男青年自称副导演。在记起老师嘱咐"任何正规剧组都不收钱"的箴言后，我们反复确认是否带资。对方斩钉截铁称自己是正规剧组，绝不收费，只需本人亲自见组试戏。

翌日，四人天不亮即起。不仅如此，还破天荒出晨功，确保普通话流利……为给面试老师留好印象，也为给学校争光，几人特意化妆，稍加打扮，穿着最妥帖的服饰。重视程度不亚于当年报考表演学院。

倒过三趟地铁，在不知名院落找到剧组选角地。人未进门，便嗅出香烟泡在方便面之中的腐朽气味，夹杂男性体味，不来不要紧，一来吓一跳，首先不讨论该剧组规模，主演是谁，单从门外一列俊男美女，我们霎时明白莫莉为何冒着生命危险去韩国整容。

"不演特型，恐怕女八女九都轮不上我们吧？"我拉扯林欣袖子，准备打退堂鼓，谢安宁一把将我拽回："切忌浮躁。信念感，演员的信念感呢？"

"你当信念是空穴来风？你自己看看人家的条件再看看我们。你看看别人的腿，别人的脸。我们还是人吗？"我沮丧至极。

"苏舟簟，怎么这么肤浅，难道只有千篇一律长得好看才能演戏？气质那玩意儿你懂吗？"

"气质？没有。要气质也是莫莉才有资格，我和林欣根本没有。"

林欣一听，铁青着脸："我爸说我天生女一号的气质。"

内讧引发旁人不满，以为我们这即将火拼，谢安宁永远做和事佬。

"林欣，你有你的古灵精怪，舟簟你有你的文艺范。这个角色谁都有机会，自信一点OK？"谢安宁将我们摁在长椅上。

"你才文艺呢，你们全家都文艺。"

谢安宁哭笑不得："好好好，我们全家都文艺。但现在我们坚持一下可好？"

在莫莉补了四次妆后，轮到我们试镜。副导演下巴蓄着一撮胡髭，眼神疲惫，口气并不清新，只问几个简单问题便打发我们。"资料留下，回去等消息吧。下一个。"

我们心知肚明，等消息就是没消息。不过并不灰心，良好开端意味成功一半，周星驰也从龙套做起，只要付出够多，有望出人头地。我们必须相互安慰鼓励，谢安宁的鸡汤实时奉上。

晚上在公寓楼下吃饱喝足，谢安宁又从厚厚的组讯中用红笔圈出一些，我们计划一天见10个组，速战速决。要求四十岁以上的，划掉。二十岁以下的，划掉。混血的，划掉。有特技的，划掉。裸戏，划掉……很快一百多个组讯筛得只剩六十。

第二朝，四人又像打了鸡血般，匆匆出门。傍晚再如瘟鸡般，疲软而归。如此反复数天后，林欣因体力不支决定休息一天，休息那天不慎将钱包遗落在商场。第二天，她爸爸便送来一个装满现金的新钱包。我们三人趴在窗台目送林欣爸爸的大奔绝尘而去。

"真羡慕林欣。"我说。

"别羡慕，这些我们都会有的。"谢安宁拍拍我的肩，几乎要搂住我。

那段时间，谢安宁常说："每个人生来就是一团面粉，要将自己做成精致糕点还是摊成路边煎饼，完全取决自己。"我却反驳，面粉也有高筋低筋之分。

又一段时间耗去，莫莉男友电话召莫莉海南度假，推三阻四之后莫莉还是收拾了行李。

"我去海南会看看那边有没有合适的剧组，你们一定等我回来哈。"她在楼下朝我们挥挥手。

"早点回来。"我们奋力点头，好像她真的带走了我们的一半希望。因为莫莉一走数月，谢安宁拍了两次服装广告，我在三里屯酒吧演过一场客串，林欣接了一支 MV 视频。

冬天一到，我与林欣热忱冷却，买不起新衣服是一方面。

渐渐一天只吃一餐。谢安宁已拒绝再接受单身母亲的资助，林欣在将父亲给的钱挥霍一空后也陷入恐慌，我靠刚毕业的弟弟救济。

有段时间，我们早上出完晨功，洗头化妆，带好谢安宁煮的地瓜、玉米、馒头挤上地铁，中午约定地点，早餐午餐一起吃，在学校常喝的饮料是万万舍不得再喝，我们已很久不谈理想，甚至会为自助餐的碗筷需要加钱而争吵一天。

莫莉迟迟未归，我们猜测海岛信号不好。三人像三只绑在草绳上的蚂蚱，在北京的狂风冷冽中守望相助。后来，莫莉汇来一笔钱给我们交房租，并建议换个小点的房间，未说归期，只说计划有变。

拿着莫莉给的钱，去沙河租了一间便宜住处，搬家一周后，又投入跑组的积极中。每天啃着特价面包和打折水果，倒地铁、乘公交共计在路上的时间为 8 小时。那时我们总开玩笑，生命尚有尽头，北京地铁没有。

有梦不觉人生寒。谢安宁说，尽管他那件明星同款羽绒服已经千疮百孔，不太可能熬到春天。

（四）

谢安宁每日的激励与照顾，让我和林欣体力尚支。

"我下巴短，鼻子塌，一脸青春痘……一张脸总共不过那点面积，怎么就有那么多名堂呢？我要去整容。"林欣常对着镜子自言自语。

"恐怕无脑才最可怕。"

总以谢安宁冷嘲热讽收场。

再后来林欣常说体力不支，想回去跟着父母安逸过一生，每次谢安宁在鄙视一番后，又重新劝她，反反复复。凭借"戏比天大，终会出头"的友谊和信念，我们彼此依傍，艰难熬过半年。

莫莉去海南后再也没回来，她一会儿说自己和男友回台湾结婚，一会儿又说在海外开拓事业，一会儿又说分手了……再问就是搪塞，搬到郊区后，她莫名其妙给我的卡上又打了 9000 块钱。并留言：你们拿去分了，现在手上只有这点。

"为什么要给钱？"我问。

"难道你们现在不缺钱吗？"

"你还过多久回来啊？"林欣问。

"再等等吧。"

谢安宁这样回答："不回来就别联系了吧。"

那个冬季冷得无法形容，加上前程惨淡，十分肃杀。暖气时好时坏，窗户关得密不透风。我们拿着莫莉的救济，去找房东交了暖气费，莫莉牵记，使我们觉得温暖。三个人再也不需要每天不停地喝开水取暖。

再后来，没有等到莫莉回来，电话已成空号，微博也已注销，莫莉彻底从我们的期望中消失了。四剑客剩三剑客。当初是她最先提出一起跑龙套，并发誓跪着也要跑完。

"看吧，所有事情都会变质，友谊和梦想对她来讲，微不足道啊。"谢安宁突然微笑，让我我苦恼。

第9个月，谢安宁找到一个男N号角色，拍摄地在伊犁，为时三个月。角色来之不易，他却踟蹰。

"我不去了，我一走，你俩没人监督更无法无天。"

"三个月一晃而过，就像当初在江苏，很快的。我们互相监督。"林欣说。

"去吧，一个爬起来，总比全部绑在一起等死强。你好了，我们就有指望了，否则三人全无希望。"我说。

"啊？"谢安宁讶异，领略肩负重大使命。

"去吧，去吧。一定等你回来。"我们逼迫。

"我去了，你们可别当逃兵。"

"小狗才当逃兵。"

"莫莉是小狗。"天冷又下雪，三人笑哭了。

第二天目送谢安宁走远。

"你们别尿，一定等我回来啊？"

同窗四年，同住一年，谢安宁脸上第一次浮现那种不知所措的悲伤及不确信，悲怆极了。

我和林欣坚持跑组，每日连线谢安宁。各剧组像是统一商定答案：回去等消息吧，有合适的角色一定通知你们。

"舟蕖，再过一周没有进展的话，我们就回去做自己的事吧。"林欣几天没有梳洗打扮，公共浴室，房东借口我们每天洗头洗澡而加收水电费。

"什么是自己的事？不等谢安宁吗？"

"这里就我们俩。你别演戏啦！"

"不演戏？"

"讨厌。我现在才发现，演员不是人人都能做，太难了。"林欣满是疲态。这段日子，她消瘦许多，也许从未吃过这样的苦，也许骤然发现落差太大。终于，林欣爸爸在一个阳光灼烈的午后将她塞进车厢，只留我一人在路边发愣。车行了一段又停下，林欣钻出来站在马路中央冲我喊："舟蓂，等我回来。"她背对我挥挥手，重新钻进大奔里。

第二天邻居问我："姑娘，怎么老爱坐在外头，不冷吗？"

"屋里更冷啊。"

两天后林欣回到简陋的出租屋，我正蜷在被窝看组讯，将适合我与林欣的角色统统标记。

"你舍得回来呀？"我嘴上埋怨，内心感激。

"回来拿东西，我爸让我去英国。"她站在门口，弱弱吐出这几字。

"什么？"我耳边嗡嗡响，头上又像被人泼过冰水。

"我们去吃饭吧，我带你去买衣服。"

"不用了，不饿也不冷。"不必她再讲下去，我很明白。原来利刃伤人不过如此。

林欣沉默地收拾着行李，看着林欣将我们一起买的东西一件件地塞进箱子，相处的往事一件件追来。

"这个留给你吧，是我们在西单一起砍价买的。你一直想要。"她绾起一条格子围巾。

我摆手："你都带走，我不要。"

"你是聪明女孩，前途多得很。我常告诉林欣，不要当演员，女孩子，难免虚荣，但还是要有真正拿得出手的事业。以后需要帮忙，随时找我。转变下思维，路会开阔很多。"

"爸爸，你先帮我载东西回去，我想和舟蓊一起吃个饭。有些告别的话要说。"林欣恳求站定门口的中年男子。

江苏那次换角色的事情，我们彼此心知肚明。

"谢叔叔警告。"

"你们去逛逛街，详细谈谈。"

林父交给林欣一叠钱，带上车门，又一次绝尘而去。

<h2 style="text-align:center">（五）</h2>

心事重重吃完散伙饭，林欣豪气掏出一千六百块。

"你做什么？"我问。

"拿着，你打车回去，别挤地铁了。"

"打车打得了一时，打不了一世。"

"你拿着。不然等你到家又得天黑了。"她将纸币强行塞进我的背包。

"先别告诉谢安宁，他好不容易接到戏。"她揉揉鼻子。

"小狗不坚持，你也是小狗。"我擦拭她花掉的眼线。

林欣一走，出租屋好像大了很多。我陷入更深的迷茫，迷茫到不知如何对谢安宁坦白。切断电源，蒙头大睡一天一夜。

梦里走投无路，遁入空巷，发现铁栅栏围堵，一把大锁挂住，想方设法撬开大锁，却见一堵高墙，我正犹豫，突然墙面开裂……

转醒开机，陌生未接来电若干，以为是组讯，回拨才知是莫莉。

"有没有钱，转我一千，我在广东，急用。"

"好，卡号。"

我将林欣给的一千六转给莫莉。

没过几天，莫莉坦言她去打了瘦脸针。

"不做演员，何必浪费那个钱？"

"好看是我唯一的资本。"她自我解嘲。

"还有爱情。"

"别扯了，早已分开。"

"你保重。"我已了然，无话可说。

由于人脉，我终于接到剧本。女几号不详，饰演一名失足女青年，部分裸戏。

"莫为艺术献身。"林欣为之恻然。

"不然呢？"这是我的真实心态。

谢安宁电话追来："早就猜到会有这天，你们让我失望。"

"你管得太多。大家本来就要各奔东西。"我乱发脾气。

"谁给你介绍的乱七八糟的戏？"他又质问。

"除了你，我不能认识其他资源吗？"

"你有病吧？"他斥责。

"对，你有药吗？"我怼。

"你哪也别去，发了工资我都给你。"他平息怒火。

"不用。我明天去试戏。"

"你考虑清楚了？"

"是。角色无大小，不能怀有偏见，你难道忘了老师教诲？"

他不再回复，两人僵持。

第二天接到导演信息："先去吃饭吧，还有另外几个女演员。"

打开定位，不是宾馆，心中窃喜。

"也许是个好的开始。"我想。穿于林立高耸的建筑之底，瑟缩着向饭店走去，风是沁骨的凉，此刻身穿的羽绒服是去年生日时，他们凑钱给我买的礼物。摸摸领口，湿湿一片，北京的大风最终还是将我们吹至各奔东西。

饭局很"豪华"。不知名导演，三四线演员，各种制片方及投资人，来人自报家门，与平时无异。席上，人人吹嘘自己的光荣事迹，当我提到"梦想"。导演拍拍我的肩："小苏啊，到我这个年龄，你会发现梦想是个屁啊！哈哈哈！"

在座众人笑得四仰八叉。在几轮黄色段子后，我彻底明白，这哪是什么剧组？就是一个令人厌恶至极的无聊聚会，无关演戏，无关艺术，无关梦想。

记不清自己是如何被灌醉，当我被所谓的导演搂着，跌跌撞撞准备上车时。

听见身后有人喊："苏舟羁。"

迷迷糊糊地回头，似乎是那个熟悉的身影，身后是一辆大奔，林欣也来了。

"松手，你个王八蛋。再不松开我报警了。"谢安宁一记重拳打在"导演"脸上，恫吓对方。

"你们这些无良人渣，冒充导演，冒充艺术工作者，你们也配？"他从导演怀里将我拽出。"苏舟羁，你个王八蛋。"从未见过温良恭俭的谢安宁如此暴戾的时刻。

"你朝我吼什么？"我扯开嗓子，体力不支，彻底昏死过去。

翌日醒来，谢安宁正一边为我熬粥，一边跟剧组道歉。

"你快回剧组吧。"见他怒目圆睁，我索性不再道歉。

"我觉得人可以没有上限，但必须要有下限。那种假剧组……你应该不会不知道吧？"

背过身，不理会，又被热粥呛出泪来："清晨的粥比夜晚的酒好喝。"

"还贫？"

"实话啊。我好几个月没吃早餐了。"

"再坚持一下，再不行我养你。"他轻轻拍我脊背。

"你养我？好啊，那你能养我一大家人吗？"

他沉默。

"慢慢来，感觉总有那么一天的。"他又不徐不疾。

"痴人说梦啊？一个龙套演员，你哪里来的自信？不过你争气吧。"

我会争气，你也不要逃避，他说。我们紧紧拥抱。

谢安宁以女友病危的谎言向剧组告假，未得到批准，他被迫在两天后返回剧组。

（六）

热水器漏电，带来一场小小意外。这是最后一根稻草。

提前退房，回到南方。未等谢安宁回来，未和谢安宁道别。除去一沓合照，什么也没带走。

没几天，横店剧组通知试镜，角色好像为我量身定做。但此时我已身在南方老家，外婆再次住院，家里已为我联系一份稳定工作——影楼摄影师助理，薪资可观。

谢安宁杀青后，直奔南方，我躲着不见，他赖着不走。

那段时间他不接戏，他在我公司附近租了个客舍，不刮胡髭不洗脸，又悄悄学会吸烟。

"相信我，再熬一熬。"他面色不好，双手总是冰冷。

"我妈连她的养老保险都退了，你让我拿什么熬？"

"我说过有我在。现在不是在慢慢好起来？"

"有你在？没用啊。等你发达，账面给我拨一笔款子吗？我看只有你真假不分，不愿认清戏和现实。但不是人人有那个命啊！"

"我不信命，只信付出。"

"那你付出，我不奉陪。你的前途与我无关，我也等不下去。"

强行为他买了回北京的车票，将他推上火车，只说后会有期。其实谢安宁如果愿意在南方谋得一份稳定工作，我们未必不会展开恋情。

他取过票，扣上帽子，将背包甩在肩上。

"我一接到戏就给你打钱，你也要努力哦。"他似一团亮光，皎洁的笑脸在离别的车站温暖了整个月台。

广播再三催促，他倔强的背影消失在暮色中。

那是我最后一次见谢安宁。

起初，谢安宁回北京后经常深夜打电话诉苦，有时也诉衷肠。今日穿军靴脚生水泡，明日贴倒模脸上过敏，头围闹了笑话，女演员找他聊天……他的剧组逸事越来越多，我的精力却越来越少。

"今天我又想你。"

"我还在忙。"

"你忙什么？"

"太累，明天再说。"

无心应付，渐渐疏远。

后来，他演了几个角色，反响不错，小有名气。几个醉酒的深夜他会在疲惫的行程之中弹个视频问："你还好吗？"

"还好。"我回。

"照顾自己啊。"

"你也是。"

后来能问的寥寥无几，大风将各自卷向南北东西。再后来，偶闻谢安宁情感绯闻，索性删掉微信，断去一切联系。

林欣去了英国。

"大摄影师，是否需要代购？"

"想要的身边就有，买不到的，不想拥有。"

"嚯，你化身谢安宁变成哲学家了。"

话题总是到谢安宁便戛然而止。佩服林欣大部分时间在谈恋爱，学习成绩却可以占据上游。莫莉杳无音信，听说卖过有毒面膜。后来他的父母到小镇找过我，她根本不是孤儿。

我已习惯了南方小镇的琐碎生活，再也无人情绪激昂找我对台词，无人会因斯坦尼斯拉夫斯基与我争得面红耳赤，更无人再对我讲："结了工资就给你打钱。"

我像一台工作机器，疲于奔命，在别人谈及梦想时苦笑，在别人开怀大笑时失神，生活只剩下补光，调试镜头，脸 P 小，腿 P 瘦，头发 P 多呀。

再后来，开始害怕在荧幕和热搜看到谢安宁，害怕走进电影院，害怕每一场电影的谢幕，都能追回曾经相处的点滴。

那个黄金周，我在拍了十几组婚纱照后，近乎虚脱。休息室荧幕上，那名男演员在新加坡为他主演的新电影做宣传。他成熟了，一头碎发推成平头，白皙的皮肤养成小麦色，依旧是那样言谈得体，笑容温暖。只是他现在的名字不叫谢安宁。

浪子

环境造人，有安乐的日子过，你们才会像人。真正喜欢，怎么舍得让她成为别人的笑话。

（一）

故事始于冬日的怀化。

那天宁澈独自等在空荡的怀化南站，工地派来接驳的司机迟迟不到。看惯都市霓虹，她享受此刻冷清，左顾右盼，十分期待。宁澈过五关斩六将，成为报社一名实习记者。春节前，又主动申请去湖南工地纪实采访。

"是不是宁记者？"一个皮肤黝黑的青年男子指着她胸前的相机问。来人身形健硕、眼神桀骜、嘴里不停嚼着槟榔。

"是的。我是宁澈。"宁澈伸手与他握手。

他没有任何肢体回应，而是转过身："我是项目部派来接你的，跟我走吧。"说完提起宁澈的行李箱，径自往路边那辆灰头土脸的皮卡车走去。

"您是楮先生吧？"

"喊我楮浪就可以。"

一辆小货车飞驰而过，楮浪麻利拽过宁澈，用身子挡住她。

"赶去投胎啊？"他啐了口吐沫。

"谢谢啊。"宁澈余悸未平，跟在他身后。"等等，先生等等，我们直接去工地吗？大概行程多久？"她一路小跑。

"不知道，我没算过。上车吧，天黑路就更加不好走。"他打开副驾驶的门，见宁澈蹙眉，他又脱下外套将座椅上的灰尘拍了拍才示意她坐下。

"谢谢啊。"看着那件标签少了一个字母的阿迪达斯外套，宁澈笑出声来。眼前人既不热情也不友好，所以宁澈一路望着车窗外渐渐暗去的天空。

"工地生活很无聊喃，我要是你，肯定不来这个鬼地方。不过可能人各有志吧。"

"你懂什么人各有志？"宁澈在心里反驳。

楮浪长相普通，但普通之中又自有特色。头发乌黑，外表年轻，但他的心事足足像是六七十岁。那双冷冽的眼睛，让宁澈非想一探究竟。"凡事都有两面啦。"宁澈说。

"你们记者工资高吗？"不一会儿，他又漫不经心甩出这句话。

"啊？"伧俗问题，宁澈从来含蓄，食物不好就说不饿，遇到不喜欢的人，只说自己眼光不好，所有能沉默的问题，她一般不会回答。

舟车劳顿，宁澈眼皮沉重，一路睡到工地。楮浪摇醒她时，已至半夜。

"辛苦你了啊。"宁澈看过表，怪不好意思。

楮浪将行李卸下，从牛仔裤袋摸出烟，倚在车旁点火。

"顺便的。"

"你是云南人？"宁澈望着他兜里的云烟，问。

他点点头。

"留个号码吧？"宁澈问。

"不对，你有我电话。"

宁澈觉得她和楮浪不过初次见面，却像熟识多年。楮浪只是觉得宁澈长得好看，总忍不住多看几眼。但凡这种感觉，这些人最后要么情深，要么结仇。

楮浪烟不离手，牙齿与手指被熏得焦黄，像老旧报纸。

"不用吧，工地就那么几个人，你想找我随叫随到。"

把宁澈交给项目部负责人以后，楮浪独自驾车进山，他与其他工人所住之处离项目部两公里车程。月下弯弯曲曲的水泥路，诗意泛白，看着皮卡车消失在路的尽头，宁澈竟骤然失落。

她警告自己，不可分心。这是职业生涯关键一步。

她从公共浴室（一个铁皮做的不足五平米的小房子）洗了澡出来，为相机充电，拿出烟。收到楮浪短信：一楼办公室抽屉有饼干。

项目部的房子像老式教学楼，仅此一栋，周围荒芜漆黑。整栋楼只有三两间窗户亮着灯。第一次要留在这陌生的地方过年，和一群陌生的、来自四海的、姿态各异的人。想到家中父母，宁澈竟为自己的一腔热血而懊恼。

"睡了吗？"讯息来自张远，宁澈的男友，广东人。在上海某知名设计公司做设计师，先宁澈一年毕业，宁澈大一时，张远任校文学社社长，彼此一见钟情，迅速坠入爱河无法自拔。毕业后两人聚少离多，电话情缘。张远举止文雅，仪表堂堂，家境不错，还有才华，不花心，也疼宁澈，作为男友十分登样。本来说好他先栽树宁澈乘凉，可毕业后，宁澈突然想自己亲手筑人生。

"刚到，要睡了。"想起与张远的分歧与争吵，她不想多说。张远认为，工地不是宁澈该来的地方。她却想，我刚毕业，没有经验，来这里试试也好，是挑战、也是机会。

窗户有缝，冷锋似刀削般钻进屋内，宁澈盼着早点转正，盼着提前结束任务，盼着赶快天亮。

（二）

雨打铁皮屋顶，宁澈一夜未眠。

清早，楮浪敲过门就在外面那堆废铁皮上坐着抽烟。

"不好意思，让你久等。"洗漱好后，宁澈背上相机同楮浪一起上工地。

"和你说话很不舒服。"楮浪坦言。"不过记者应该就是这样的。"他又说。

"你这样掐烟，食指和拇指大概没有了指纹吧？"宁澈怔怔地看着他。一支烟将尽之时，楮浪喜欢用两指紧紧掐着，生生掐灭。看得宁澈生疼。

他懒得理她，一边开车一边和不同的女人打电话吊膀子。

干枯的树木沿着道路排开，缓缓的河水清澈见底，这里没有东城的姹紫嫣红但是美得古朴素净……"你要是夏天来就可以下河捉鱼了，我小时候在云南，一到夏天就去村子摸鱼。"每一个水洼，每一处小坡，他都提前减速，显然在这条路上来去无数，对每一处都十分熟悉。也只有在说起这些时，他的眼中才会掠过一丝小孩般的欣喜。

"我也很喜欢云南。"宁澈附和着。

楮浪告诉宁澈，自己最多还会待两年，项目一结束，他准备谋点新的事情做。宁澈问他是不是回云南，楮浪不说话，绕来绕去话题又绕到了她最感兴趣的那部分，楮浪的私人生活。

"谁知道呢，等张哥安排吧，我这条命本来就是他给的。"楮浪说。

张哥是这个工程的最大股东，宁澈未见其人，但曾听人说起，听说此人在社会上很吃得开，又听说此人气度不凡，并且乐善好施，总之是个人人夸赞的好人吧。楮浪很尊重张哥，却尽量回避关于张哥的话题。对于自己，楮浪一直回避。楮浪嗳嗳，宁澈就越发好奇。

楮浪认真向宁澈介绍工地的情况，并载着她到处参观，有的地方已经反复走过几遍，他也不曾察觉。宁澈后来才知，这些莫须有的任务都是他向工地主动申请，包括到县城接她，带她熟悉工地环境等。

午饭期间，楮浪将宁澈带到某个工棚，麻利地搬出一张活动四方桌，往最干净的那块地面上一放，又捡了颗石头垫在其中一个桌脚下。他给那几个搪瓷大碗斟上酒，再往嘴里送了几颗生蒜和生辣椒，怪嗔几句，小孩们便一哄而散了。这些伧俗行为由他一一呈现。

"看什么？赶紧吃，菜要凉了。"他指了指旁边用木板堆砌的地方说："坐着吧，擦干净了。"

"来，喝点？"楮浪端起其中一碗酒，向宁澈"敬酒"。再次围上的孩童哄闹。

"我不会喝酒啊。"宁澈面红耳赤。

她端起碗，眼睛一闭，吞了半碗。再聊几句，楮浪有电话进来。是张哥，他退到一边含糊应了几句，便义愤填膺抓起外套及车钥匙。

"去哪儿啊？饭不吃了？"宁澈又急又好奇。

"出克哈（云南方言，出去下），回来再说。"他往嘴里塞了一瓣生蒜，绝尘而去。

"准是张哥在城里遇到麻烦。"工友咕哝。

"慢点啊。"话未讲完，酒劲上来。

（三）

听说楮浪伤得很重。

有天早上宁澈去工地拿材料。办公室门虚掩着，宁澈探过头去，电脑开着，却没有人在。厨房传来"乒乒乓乓"的声响。是楮浪。

他随意穿一件泛黄军大衣，手持菜刀反复剁着那几片蔫白菜。天这样冷，却将腿肚裸露在外，盘踞小腿的纹身与那些新旧疤痕令宁澈触目惊心。那个"浪"字大概纹了多年，毕竟当下纹绣技术不至如此敷衍。这件大衣里是一个只穿底裤的身体，新伤旧伤，遍体鳞伤。

"怎么是你？"他故作镇定，转过身来。黝黯光线里依然可见他的脸红。

宁澈一阵揪心，扭头跑向宿舍，楮浪追去。宁澈从箱子内翻出张远从国外带的化瘀止血祛疤各色药，堆在楮浪面前。

"那天去干嘛了？"她为楮浪拧开药瓶。

"没有嘛，一会我带你出去转转，说不定可以采访到什么。把这几天耽误的都补上。"

"你耽误，我可没耽误。谁像你这么不务正业啊？"

他不作答，算是默认。"对，我没有正业嘛。"

"哈哈，好嘛。"

那天他们从镇子晃悠半天，只买到几斤酸涩的橘子和一瓶白酒。

"聊聊吧。聊聊你的故事。"宁澈说。

"你别老拍我啊，我又不是犯罪嫌疑人。哎，见鬼，你这些乱七八糟的药竟然有效果啊？"楮浪第一次露出那种毫无防备的笑容。"不过我一般都不涂药。"他说。

他们一路在乡间田埂聊天、拍照、吃橘子、喝酒。楮浪坦白他那天是去打架，谓之讨生活。张哥有麻烦，楮浪必须随叫随到。

"为什么不报警？"

"为什么要报警？"

"张哥到底是谁？"

"就是普通人嘛，你太爱管闲事。"

任她如何逼问，楮浪依旧不肯对张哥透露太多，反倒是对自己的童年时光絮叨不停。他的童年在傣族村寨子度过。

"你们这些人，根是烂的，没救了。"宁澈拍拍身上的泥土，从田埂离开。"又不要你救。"他索性倒在田坝上吹起口哨。

居所的长窗，装满黄昏美景。宁澈凭窗眺望，试图感受"暮霭沉沉楚天阔"。喝了好几杯水，远远望去，楮浪还在原地躺着，像死去那样，想起他一身是伤，宁澈不忍悲戚。

（四）

小年夜，工地放假 3 天，她准备去镇上转转。正愁找谁同行，楮浪的车在弯曲的水泥路上驶来。

她颇为意外。

楮浪踹开门，将一份硕大的生日蛋糕放置桌上，瞥了一眼宁澈的手稿。

"你的字，看不懂。"他试图伸手去拿相机。"今天又去梁场拍照了？"

"不给看。"等宁澈反应过来相机已经在他手上。他的田埂肖像占去很多内存，除此还有其他各个时刻，每帧都和楮浪有关。

沉默，像窗前平静的河面。

"记者都喜欢偷拍别人吗？"

见宁澈不语，他讲："你那个药不错。看我的伤基本都好了，以后打架再也不用担心留疤啦。"宁澈斜睨他一眼，抢过相机。"那你争取下次让人砍几刀，多用点。"

"不知道你几岁，所以拿了一根蜡烛。等下去老地方？"

楮浪意指田埂。

"好。"宁澈特别意外，但也惊喜。

也有失落，那部最新款手机，信号十分强大，却长久不来一条讯息。

张远的电话在后半夜进来，囫囵吞枣告知陪老板在香港出差，然后便无下文，缄口不提生日快乐，那边嘈杂，这边冷寂。张远很爱宁澈，但相识几个年头，从未主动记得她的生日。

"你带我去梁场看看吧？"宁澈给楮浪发信息。"晚上不方便就算了。"她补充。

楮浪未回信息，一个钟头后那辆皮卡车又出现在弯曲的山路间。

坐上车，宁澈便后悔，算是报复张远？她拨过音乐，直直盯着他。"要不算了，刚下过雨，路不好走。"

他转头盯住宁澈，灼热的目光对视几秒立马各自移开。

"你坐稳。"急转弯。山里潮湿，枯枝莠腐。而楮浪心里的井，宁澈越来越渴望一探究竟。

几公里山路格外漫长。打开车窗，阴冷一片。车厢里的音乐盘旋在山路间。

楮浪将车泊在平地，车灯照着陡坡格外温柔。他俩顺着斜坡爬上空旷的梁场。

"你觉得距离会改变爱情吗？"宁澈问。

"不会吧。"语气坚定。

"那分歧呢？"

"看什么分歧。"他又踟蹰，俯下身去捡起一颗石子朝水洼扔去，清水浑浊。楮浪自嘲是浪子，他说很多人都这么说他，虽然不太明白浪子的真正含义，但是既然说我是浪子，那我肯定符合浪子的特征。他说。

"浪子？都干了些什么？杀过人，吸过粉……"宁澈戏谑。

"不要乱说，没有杀人。"他递给宁澈一支烟。

宁澈错愕。

"别装了，我十岁开始抽烟，什么没见过呢？"他又劝宁澈，"有些事，女孩子做不太好。"

"有些事？你并不知道我多少事。"宁澈又接过他的火。"听说你以前在金三角待过？"

楮浪大吃一惊，呆立原地。"没有。"

话题转移，气氛稍微好转。偶有村民路过，楮浪就用手捂住宁澈的嘴做噤声状。"我们回去，你是记者，让人看到不好。"他说。

"好。"

半夜3点，宁澈浅睡转醒。

楮浪在宁澈楼下鸣笛。推开窗，他从车窗探出头："喂，我来告诉你，我要走了。"

"你去哪？又去打架吗？"宁澈冲楼下喊，很快又扔下一盒药。

"不打架。"

"天亮再走。"

"兄弟被人砍了。谢谢你的药，我走啦。"

"等你回来……喝酒啊。"宁澈话音未落，见车已消失在无垠的漆黑里。

楮浪走后，宁澈才觉工地冷寂，以往的便利随之消失。

采访顺利。返程的车站，宁澈想起初到怀化时，又想起那个除夕夜，再想起楮浪，那个自诩浪子的男人，一名奇怪的过客。他此刻是好是坏？

他身上仿佛有种气质，叫人牵记。

那种气质，被称作可怜。

（五）

报社在这一年改制，宁澈转正。

报社上下对这位美貌与才华并重的年轻女记者刮目相看。

东城永远是老样子，四季如春，温暖有余，意趣不够。如果顺利，她下一步将会去云南采访。

5月20日。星期天。阴雨。看片。这是宁澈在微博留下的足迹。

宁澈调休在家，素面朝天，三角骨裤，低胸棉T，横七竖八将自己扔进沙发里。投影仪正在播放一档金三角纪录片。

张远近一周未曾与她联络，她也计较，不去问候。张远最恨女子抛头露面，永远嫁夫随夫最好，他为宁澈在北上广均已谋定轻松职业，但宁澈偏不领情。原以为他生过气便好，不曾想他这样较真。宁澈盯住从工地带回的那只水杯，水杯曾为楮浪所有。她伸手护胸，仿佛心被掏过，气短，头晕，昏昏沉沉。

片子播完，宁澈被急促叩门声惊醒。

开门那一瞬间，她呆住。眼前人满腹心事，碎发已被雨水打湿，一缕缕贴在额头。

他不讲话，但眼睛已经出卖自己的心事。

"怎么是你？"

"真没想到，你给我的地址是真的。"

宁澈打量着他，一时讲不出话。

"我不知道为什么会来找你。"

"你不是不喜欢和我讲话吗？"宁澈说。眼神并不接触。她也有心事。

宁澈扭开音乐，楮浪跟进屋内，脱下外衣，坐进沙发，打量四周。

宁澈的狭隘公寓，也因为楮浪到来平添几分暧昧。

"你来做什么呢？"宁澈问。

楮浪突然像丧失理智般抱住宁澈，吻她，宁澈也不反抗。他们此刻登对，一个不屑外物，总在扪心寻找自我。一个身无长物，空有一腔率性。

宁澈梳洗完毕，重新穿好衣服，提议楮浪回去，他穿上衣服走到门口返身抱住宁澈，两段身体又重新交织在一起，昏睡一宵。

车声隐隐隆隆，宁澈清醒过来瞥见衣架上那件水蓝色吊带裙，心恻恻地疼。她起身将那件衣服揉成一团塞进衣柜，也将楮浪轰出门外。她突然想起张远，想起他们的第一次肌肤之亲，想起张远笨拙而虔诚的第一次试探。

楮浪再次寻来是一天后。

他说每天想见宁澈，发疯地想她。在工地就想表白，但觉得自己配不上她。倾述衷肠后，也将宁澈曾经打听的故事，和盘托出。

他也念过中学，但是因为校园霸凌，整日打架斗殴干脆不再读书。十几年前，进社会谋生活，十四五岁，沾上赌瘾，不得不去偷窃倒卖，险些横死街头。张哥出手相救，慷慨解囊。再过几年，一时冲动为"报仇"失手打了曾经欺辱霸凌者，致使对方瘫痪多年，事后追悔，也曾补救，但对方家属只求以牙还牙。几经周折张哥将他带离云南，一走8年。家里订的亲事退了，对方却未嫁人。这些年，张哥每次遭遇大小意外，都是楮浪挺身而出，以命相抵。楮浪说，他已经忘了这些年自己打过多少架，挨过多少刀，笑称自己是回不了头的浪子，张哥恩情，铭记在心。

"真正对你好的人，怎么会让你去挨刀？"宁澈鄙视张哥。

"有些事情没有道理的，做人总要讲义气。"

"这个世界根本没有兄弟义气，浪子不能白头，你是正当防卫伤人，张哥完全可以帮你请律师，回云南。"宁澈盯着他手背上的刀疤，莫名疼惜。

"这个世界没有你想的简单，你遇到的最烂的人可能是我，我不一样。"他自我解嘲。"但可能只有你懂。"

宁澈大惊，怆恻感伤。他的和盘托出，确实令人倍感意外。宁澈以"新闻"太伤感为由，将故事的讲述推到下次再见时。

一桌湘菜，两罐啤酒，四目相对。

"我可能要去坐牢了。"楮浪终于说出口。

宁澈怔住，哭笑不得："神经病。"

桌上两部手机同时振动。分别显示张哥和主编。

"汶川地震，十万火急，你愿不愿意去？"

"我马上收拾东西。"宁澈跑上楼匆匆收拾行李，直奔单位。"故事很长，回来再讲。"她对楮浪说。"坐牢"一事被抛至九霄云外，楮浪也被一并丢在黄昏里。

当夜宁澈奔赴成都。深入震区，她在一片巨大的废墟里，收到楮浪的短信："我在看守所看到你在灾区的直播。我很担心你。"

"真去坐牢了？"宁澈自言自语，信号再中断，此时她已疲惫不堪，她更清楚，紧要关头需要睡眠，不可辗转反侧。

翌日，楮浪的信息再次躺在信息栏：我被张哥保释出来了。

（六）

宁澈患上重感冒，楮浪谎称宁澈男友，到汶川接她回家。彼时张远的信息接二连三躺在信息栏。全是质问。

回来后，宁澈断断续续病了半个月。楮浪留在东城照顾宁澈，他不会做饭，只能想方设法搜罗各处快餐。张哥的电话，楮浪照常接，但是打架的事偶尔也推脱。他说，张哥，我现在有女朋友啦，要收敛一点的。

楮浪逢人便说自己有了女朋友。

写稿，拍照，看电影，买菜，他们如胶似漆。宁澈也恨自己，恨她原来对张远的爱情已经用罄。

如果不是张远心血来潮来东城，他们不会那么快分手。只要张远不提，宁澈永远无法开口。

一个熏风徐来的早上，张远出现在小区楼下，碰见正好买菜回来的楮浪和宁澈。楮浪问宁澈："是张远吗？"

宁澈说，你先走。楮浪就走了。

彼时她穿碎花长裙，佩戴珍珠耳钉，化淡妆，精致而漂亮。张远似夜枭一般看她，而她像被宠惯的孩子，面无惧色。

一阵慌乱的争吵与打砸后，宁澈坦白了和楮浪的一切。

"我对你不差。"张远总结。

"我知道。"

"他哪点吸引你？"

"与我投契，慰我寂寥。"

"你不羞愧吗？就不在乎别人怎么说你吗？"

"既然相爱，何惧流言？"

"宁澈，你追求精彩，但要有底线。"张远叹过气，又说"和正常的人交往，人才会像人。"

谈妥已是天黑。两人面对面坐在公寓斟壶热茶，再接下来，张远的话渐渐不再刺耳。成年又略有成就的男子，到底理智。

张远在东城最好的饭店请宁澈吃散伙饭。许是湘菜太辣，吃着吃着，眼鼻通红，原本的伪装全被泪水冲刷。盯着张远清秀面庞，回想起共度的校园时光。宁澈说，你别这样，我有点害怕。

"你不爱我，才会怕我。这个钻石项链给你，原本想等求婚时，现在可能没有机会了。"张远拿出一个心形盒子。

宁澈说，我不要。

张远不反驳，揉揉眼睛戴上眼镜便出门结账。他来时带了一只沉重的旅行包，走时两手空空。

张远走后，宁澈心生悲戚。楮浪自知自己也是罪魁，便绞尽脑汁补偿宁澈。楮浪一有时间便会来东城找宁澈，车程时远时近，总是随叫随到。

楮浪十分珍视这段感情，将她视为禁脔，煞费苦心给她快乐。不管去哪，乐意带宁澈在身边，并郑重其事让人知晓："这是我女朋友，宁澈，省报的记者。"

记者和流氓，宁澈一时间成为报社风云人物。流言蜚语，宁澈从不在意，垂头写稿，昂首恋爱，竟将自己活得欣欣向荣。

可楮浪在乎，他埋怨自己目前无能，给不了宁澈想要的未来。宁澈又要极力否认他的无能，他的没有未来。

职业性质，楮浪不管在做什么，吃饭、洗澡、甚至半夜沉睡，只要一通电话召来，他必奉命行事。做什么？打架呀。宁澈偏要爱上一名打打杀杀的浪子。三更好五更坏，宁澈担惊受怕，日子精彩却不安定。

这场恋爱，无一人看好。母亲怨怼："不喜欢张远不要紧，也大可不必糟蹋自己。"

母亲的绝望并未瓦解宁澈的意志，她是要亲手筑生活的人。

楮浪生日，宁澈有幸目睹张哥尊荣。张哥说："宁澈，你和楮浪不是一路人啊。"酒话也是真话。

"张哥你讲得对，一路人才走不到一起。"

楮浪不说话，将宁澈抱在怀里，亲了又亲。

楮浪戒烟了，虽然宁澈从未劝他戒烟。

楮浪说，香烟陪伴自己最久，以后不需要了。

（七）

日光倾城的春天，楮浪决定带宁澈回云南。

他知道宁澈一直想去。张哥为他们修成正果，真真掏心掏钱。使得回程畅通无阻。

稀薄的空气，让宁澈疲软而压抑。

"你怎么跑回来了？"头发花白的男人年纪并不很大。

"带媳妇回来见你。"

"哦，没人看见你吧？"他接过楮浪手中大包小包示意二人进屋。

"没有。"楮浪望着宁澈，但并不解释什么。

"我只想看看他长大的地方。"宁澈心领神会。

"你们住书房吧。"

楮父是中学教师，退休后独居云南。楮母几年前因病过世，楮浪初次见面便已交代。

收拾好行李后，楮浪对宁澈说："谢谢你愿意把未来交给一个没有明天的浪子。"

宁澈笑着说："那我也谢谢你愿意冒着生命危险带我回到你生活的地方。"

夜里，两段身体反复交织。

"好饿。"宁澈钻出被窝，去找衣服。

"我出去买，你躺着。"

"一起行动？"

楮浪摇摇头，但宁澈说，完全不要担心，有你保护，我怕什么？

二人速速穿好衣裳，摸进鱼龙混杂的夜宵摊。

果然出事了。

时隔多年，许是楮浪变化不大。一只酒瓶从楮浪头顶砸下，殷红的鲜血自额头渗出。

"你还敢回来？"

"这是法律社会，你们要做什么？"宁澈护住楮浪。

"你让开，我们不打女人。"对方一根铁棍飞来，宁澈听见鼻梁碎裂之声。

楮浪将宁澈一把推开，自己挡在前面，她的手掌，湿冷一片。

"报警！"宁澈喊。接着眼前一黑。

宁澈出院后，脸色灰白，身形消瘦。鼻梁尚需回到东城再做整形手术。楮浪到底强健，做过手臂接驳手术，很快活动自如。

楮浪和宁澈的伤情及道歉并未消除对方仇恨。

"你们早点走，干脆不要回来了。"楮父心力交瘁。

此时宁澈老家，电话召来。宁澈再不回家母亲准备择日自杀，宁澈心里难受，楮浪更是。原本准备往西双版纳拍婚纱照片的钱，在医院用罄。

"仇恨并不会随着时间而消亡。道歉解决不了任何问题。"这次楮浪深刻领悟出来。

"快走，快走。"楮父逼走二人。

"我一辈子教书育人，却教不好自己的儿子。如果有更好的选择，我还是希望你离开楮浪。"楮父私下告诉宁澈，俨然苦主姿态。

"我们真心相爱。如果我会改变他呢？"宁澈反问。

"姑娘，爱重要，命更重要啊。"他摇头。这是宁澈父母也曾说过的话。

存款用罄，宁澈由母亲送进整形医院。

手术前母亲盯着宁澈的鼻梁："跟那种人在一起，我替你害臊。"

"妈妈，你如果不懂，请不要批评，毕竟若干年后你的理解和抱歉，对我而言毫无意义。"

母亲垂泪，声音尖厉，心却冰凉，宁澈同样。

宁澈术后由妹妹照顾，母亲有更重要的事情。

谈判地点是一处意式餐厅，玻璃窗外一列木槿盛放，花蕾累坠，但花朵却未绽开。

楮浪坐立不安，眼前这位女士化淡妆，卷发别珍珠发卡。穿着宁澈喜欢的三个骨裤及开司米衫，风姿绰约，却咄咄逼人。宁澈眉眼是随了母亲。

"Espresso。"她召来服务生点了咖啡。"楮先生您要喝点什么？"

"都可以，我不懂这些。"

"那就美式吧。"她的声音和宁澈也像。

"可以的。"

"我一直没有机会感谢你照顾宁澈。"

楮浪笑："是她照顾我还差不多。"

她吸进一口新鲜空气说："宁澈刚出社会，不比楮先生你。酒精，毒品，斗殴，这些不好的东西她都从没接触过。"

"我已经戒烟了。毒品我也没有碰过。"

"那和我没有关系，环境造人，有安乐的日子过，你们才会像人。真正喜欢，怎么舍得让她成为别人的笑话。"

电光石火之间，楮浪明白了：分手正是时候。

理由很简单，心里很乱需要时间缓冲，刚好也想谋个事业，给宁澈一份稳定未来。宁澈从来信他，那就让他放手一搏。

宁澈被公派至香港出差，楮浪不曾联系，拨过去号码已成空号。她回到东城后，匆忙又去怀化，工程竣工，楮浪早已不见踪影。

鬼使神差，她拨通张哥号码。

宁澈顺利找来，楮浪怀里又是一张年轻邪魅面孔。

"你怎么来了？"

"以为你出事了。你不解释一下吗？"

"我为什么要解释？"

宁澈眼泪翻滚，扭头便拦下一辆出租车，连夜回东城。换了号码，却不敢换住址，她怕楮浪找不到她。

（八）

造化弄人，楮浪真的去坐牢了。消息从张哥那得来。

宁澈以表妹的身份去看守所探视因涉嫌强奸被关押候审的楮浪。

"你对生死没有认知吗？"宁澈强抑悲伤。

"不想解释。"他显然已放弃宁澈，重新开始。

"鬼扯，你连对方的具体样子都认不出，具体的作案情节都对不上号。有你这样强奸的吗？"

楮浪讲不赢她，索性不再作答。"犯法就是犯法，哪有那么多名堂。我违法犯罪的事情做了一堆，怎么可能每一样都记住？"

"法治社会，你真当自己是江湖侠客？你这样想坐牢，就干脆牢底坐穿吧。"

宁澈嘴上拗撬，却火速约定律师。

事与愿违，宁澈追求真相无果，楮浪以强奸罪被判刑。

宁澈到处找律师，自己升职又降职。事情纷沓而来，从东城日报辞职后，宁澈去看楮浪，均被拒绝。同年，宁澈获悉张哥落网，因贩毒、杀人数罪并罚。

与楮浪切断联系后，宁澈重新择别处生活，去年她去金三角拍纪录片。传说中的罂粟圣地，早已不复当年，时过境迁，楮浪的往事也随着一片片罂粟花的消失而被淡忘。

宁澈的婚礼在海岛举行。结婚那天，接到一通陌生电话。

"结婚快乐！"声音并不因睽违数年而变得陌生。

"你呢？结婚没？"她随口问他。

"试过几次，都离了。"他云淡风轻。

"那以前为什么不干脆来试试我？"她假装玩笑。

"不能和你试，会伤心嘴。"

这是个晴天，但是天气冷冽。也许因为风大，宁澈眼鼻通红，她突然想起那时的自己，明知不可以，偏要试一试。

印度阿山

这些艰难的经历，终于由 Aaron 亲口道来，像一截泡在开水里的苦瓜，释放着那些令我们避而不及的苦。

（一）

那年，我极不情愿地被派至吉隆坡工作。

抵达机场，霏霏轻雨铺盖着这片陌生的土地。出国不是第一次，但出国工作和学习是第一次。一想到以后连骂人都得用词不达意的英文，不禁凉了半截，一下飞机，便觉生无可恋。

此次长途跋涉，我那久经风霜的行李箱已被压裂几只大口，此刻正龇牙咧嘴地立在我身旁。朝披着雨衣的地勤比画半天，除了赠我一瓶水，她表示对我的遭遇爱莫能助。

负责接机的那位老师，此刻电话一直无法接通。我心里嘀咕："阿三做事果真不太靠谱。"老板只讲他是个挺负责任的印度人，也没交代身高样貌，害我见了印度模样的人就问是不是来接我。

饥肠辘辘地在候机楼整整等待一个钟头后，我终于爆发："让那个老师别来了，我自己打车去住处。"

正抬眸扫视四处寻找餐厅时，空旷的大厅，忽然发现一个黝黑的身影正在人群中朝地勤用手比画着什么。他手握纸牌，赫然写着我的英文名：Chance。只是字迹已被雨水模糊。

"嗨！"我冲他招手。

他也认出了我，远远大喊："Chance！"

"Hello，I am Chance，Chinese！Are you Aaron？"

他那不地道的中文倒是开门见山："你好，对不起。我是来接你的印度人阿荣。"他并不是印度风打扮，而是穿着尼龙材质的文化衫及料子非常一般的西裤，搭配卖场特价运动鞋。

"您的手机一直打不通！"我讲。

"被偷了，我正要讲这件事，我来的时候，在公共汽车遭遇小偷，我没有追上他。真该死。"他换用英文开始抱怨起来，并擦拭纸牌上的水。"好在你的名字还在，不然怎么能发现你。"他又自我安慰。

"没关系，我也是刚到一小会儿！"同情他的遭遇，见他诚诚恳恳又憨态可掬，我想，算了吧。

"那我们回去，我已经预约好了出租车。"见我一脸倦意，他一把夺过我手里的行李箱，莽莽撞撞就要往出租车跑去。原本就被撕裂的箱子，这下彻底散了，内衣、香水、卫生棉、照片散落一地。

我俩望着丰富的箱子内部，面面相觑。

尴尬中，他连连道歉，我白了他一眼，顾不得他的道歉，慌慌张张蹲下去将散落一地的东西飞速收拢，放置一处，口中不语，脸却早已经烧到脖跟儿底。

见此情形 Aaron 二话没讲赶紧朝二楼跑去："对不起，Chance 你等我。"

我火冒三丈，看着他慌张远去的背影，不知道他要搞出什么名堂。

过了好一会儿，他不知从哪弄来一个巨大的黑色塑料袋。

"Chance，我想你不得不先用这个大袋子容纳目前的物品。"他歉然。讲完又蹲下为我将物品一一整理归纳，那股认真又可怜巴巴的样子，又突然让我不愿生气。

"不要紧。"我言不由衷。

不讳地讲，我对眼前这人的初次印象实在太糟，人矮胖，皮肤黑，话多，莽撞，衣着样貌非常的 low。他留着许多印度人那样的胡子、脑后的头发略有睡觉挤压的痕迹，看起来脏兮兮的，年纪我猜应该是——四十不到，但后来他讲自己 26 岁。接触过世界各地的朋友，但是从没见过有哪个 26 岁的人将自己活成这般邋遢，总之这是一个非常糟糕的相识，我确信。

从机场到寓所一路，我兴味索然地听他眉飞色舞地大讲马来西亚的人文和生活，并夹叙他的工作生涯。"嗯！嗯！太棒了！"我心口不一地敷衍、赞许。

"Chance，你看起来并不太感兴趣？"他从副驾驶转过脑袋问。

"啊，我觉得很好玩。"

"你看起来有点累，那我再跟你讲一讲振奋人心的事情。记得那年我在孟买……"他乐此不疲，吐沫横飞并在聊天中不时地加入"能和来自中国的你做朋友，真是太幸运了"这类内容。

而我的视线，始终停留在车窗外一闪而过的高楼大厦，这些索然无味的建筑，在此刻的我看来，是那样迷人。

与 Aaron 同车一小时，时间被拉得格外漫长。

（二）

语言学校离我任职的公司只隔着两条街。

同桌是一位健硕黝黑的印度男同学，二十出头的样子，当他正给我讲述朋友圈里只有他一人念过高中时，我们的马来语任课老师悠悠飘进教室。"身体肥胖，脚步却轻盈。有点眼熟！"我抬头斜睨。

让我大跌眼镜的是：此人竟是前几日到机场接我的 Aaron，那个十分无趣的男子。我的心情瞬间由失望转化为绝望。

Aaron 换了马来长袍，领口、袖口洗得泛白，很朴素的样子。当然后脑勺的头发比那天工整许多，甚至用小皮筋扎了起来，我注意到他锃光瓦亮的脑门上竟然还有一颗大黑痣，那天我大概太愤恨，竟然没有时间多往他的脑袋看一眼。而且此时鼻梁上已架起金丝边框眼镜，但并不斯文。翻书之前还要拿那粗壮的食指越过黑厚的嘴唇去舌尖蘸点口水。

他将一叠课件放置讲桌，用极沉缓的声调介绍我和几位新同学："那位角落里穿着白色裙子的女孩，是来自中国的 Chance，第三排花衬衫的女孩是来自越南的 Danny……希望大家学习愉快。"我低下头，仿佛被他介绍都是一件耻辱的事情。

"阿山老师，你好像今天洗头啦！"台下的中国学生哄闹。这些中国学生看起来已经是老油条了。后来我才知道，"阿山"是捣蛋的中国学生给他取的外号，谐音就是"阿三"。

起初，他将那日在出租车上对我讲的马来人文知识又重复讲了一遍。等到他再讲起一些名胜古迹时，后座的同学开始打起呼噜，碍于是课堂，我只得假装津津有味地点头。他也回赠感恩的眼神，继而讲得更有味。在此之前，我曾系统学习过影视表演，所以知道如何做一名称职的演员。

"每次来新同学都要讲这些！"同桌极为不耐烦地从抽屉翻出 kindle 电子书看《非洛尔和她的两个丈夫》。

他高涨的情绪并没有因此起彼伏的鼾声及窃窃私语受影响，只是一边讲一边不时地翻那些书，口水没了，他就握起旁边的塑料杯子。后排几个白皮肤女学生依旧窃窃私语，大概是嘲笑他的水杯……他也并不打断他们，只是轻声轻语地警告："觉得辛苦的同学可以去外面喝茶，喝咖啡或者晒太阳。但是学费是没有人会退给你们的。"听他这样一讲，讨论的女同学会暂时闭嘴。

他的课上，确实无聊。我想，如果不是公司免费让我业余时间来学马来语，我大概永远不会自己踏进这个学校吧。就连老板也讲："技多不压身，不学白不学。"

他一周只上四节课，除了在心里默认："这个印度阿三其实人挺好"，我从不加入讨论他的队伍。课上我假装认真地听讲，课下除了语言上的知识外，从不像其他调皮的中国学生那样向 Aaron "讨教"生活上的事。比如问他：家里是不是没有洗发水了？哪里的衣服有折扣……有时他走在校园里，故意绕道，从草丛处跳起来和我打招呼"Morning, Chance！"我也并不热络地回敬："嗨，阿山老师"。

有天课后，他竟在学校门口截住我，递给我一本笔记。

我一脸惶惑地望着他，继而翻了翻笔记本。那些密密麻麻的英文标记，似乎"年代久远"。"Aaron 老师，这是做什么？"我再次一脸愕然。

"你好像正练习英文写作？"他试探性地问。

"啊？是，但英文一直很糟糕。"我并不否认。

"所以，这是我以前的英文写作笔记，希望能帮助到你！我们都是从他乡来。"他又得意起来。"我觉得你的写作，可以投稿。"他又补充。

"啊？谢谢。"

"好好学习语言，珍惜能学习的机会。"

他讲完，大步流星就走了，空留我在原地傻傻待着。

（三）

我按照阿山老师的建议，对照笔记勤加练习英文写作，一段时间下来，我自己没发现什么问题，但同事却讲我的英文水平有提高，尤其是理解能力。我偷着乐，心想：这印度阿三还真是有两下子。

又一天他像上次那样截住我："Chance，从今天开始，不如你交给我作业，我给你批阅，因为你的英文虽然提高了，但还不够。"他又是一脸得意的殷勤样子。

"神经病！你只是个马来语教师，我英文好不好与你何干？"我心想，但口中却讲："好，我会照做，谢谢阿山老师。"

真是给他方便当随便，他动辄在课堂强调我们已经成为好朋友。还要七拐八拐将话题转到中国，至于中国他大概是从书上看到北京、上海、成都这些城市，讲着讲着好像他真的到过中国那样。

不仅如此他还越俎代庖让我写英文日记，并时不时会考核我的马来语。我愤怒却不想言，毕竟出国在外，风度第一。他呢，依旧是偶尔从学校的某个角落蹦出，乐此不疲地测验我的语言水平。

"很好玩吗？阿山老师？我工作很忙耶。"有次我将工作不快迁怒与他。

"我很对不起。其实我也很忙。"

"那就都忙吧。"我讲。

后来他就好几天不私下和我打招呼，只是课堂微微一笑。我觉得可能伤害了他，心里不是滋味，又会主动找他辅导英文。

其实课外不大能碰到他，据说他很忙，上好几个班级的课程，兼职一堆家教。但不管多忙，只要我交作业，他一定会在下堂课之前将作业批改后交到我手里，并时常在课堂公开夸赞我学习态度良好。这夸赞常常令我面红耳赤。

我们之间的交流方式依旧：他在路上截住我，我交作业给他，我再截住他，他将批改后的作业交给我。

时间飞速而过，我与 Aaron 是一对好友，整个校园人尽皆知。对此我深表痛苦。但所有人都夸我语言水平显著提高，对此我深表感谢。

"老师，课后有时间吗？你提高了我的语言水平，我要请你吃饭表示感谢。"我在路上截住他，邀请他吃饭。

"时间很多，但恐怕不能吃饭，你将作业给我，我尽快改。"他挠挠后脑勺那凌乱的头发。

"阿山老师，就附近吃一点吧，现在就去。"我不依不饶，主要是不想欠他人情，顺便委婉转告让他不要见人就讲我们是好朋友。

"没有时间吃饭！学生与老师之间不需要用吃饭讲谢谢。"讲完接过我的笔记本，甩手而去。

他大概也是不大明白吃饭对于中国人的礼节意义。几次邀请，他都无情拒绝，只得作罢。

有次同学生日宴会，我与 Aaron 均被邀请在内。

饭后，我主动问："老师，既然你教我英文与马来文，你愿意跟我学中文吗？"我像劝人加入保险那样傻里傻气地问。他洗了头，刺鼻的马来味（当地一种洗发香波）呛得我头疼。

"真的吗？我一直很喜欢中国。你愿意教我中文？"他放下吃食，眼中掠过一道惊喜之光。

"我当然愿意。只怕你不肯学。"

他用极有抑扬的声音："好！我教你马来文，你教我中文，太好了！"

"对，那就算我答谢你了！"

"老师和学生之间不讲答谢！"

当天我与 Aaron 互为师徒，并举杯为证。

"对了，Chance 我问你，阿山在中国是什么意思？中国男孩都喜欢这样叫我。"

"这个太深奥，以后再讲。"我红着脸。是在一瞬间觉得 Aaron 其实没那么讨厌。

（四）

在学习汉语过程中，Aaron 所表现出的决心和毅力绝对是呈欣欣向荣气势。虽然对他的语言天资不敢恭维，但那份孜孜不倦的求知热情确实值得褒奖，他为学中文闹的笑话简直可以写成厚厚一本书。

有天课后他郑重对我讲："Chance 老师，不如以后我尽量用中文与你交流，而你用马来文回答我？"

"都用中文吧，对阿山老师你更有帮助。"我和他并肩大摇大摆走在校园，不时有人投来诧异目光。学习中文后，Aaron 的话更多了。有时我参加中国朋友沙龙，会主动邀请他同往，但凡讲有助提高中文的活动，他都毫不推辞。

有次 Aaron 瞟见中国朋友从寺庙给我发来的照片，他指着手机屏幕上用豆制品做的素食问："这是什么？"

"斋饭！"我滑动手机，并不耐烦。

"什么是斋饭？"他疑惑。

"高僧吃的饭！"

他又问："什么是高僧？"我懒得和他解释，便讲："无法解释，你只要理解为在中国，他们是一种被尊重的人！不可多讲。"

"原来受人尊重还有这样一层意义呀？"他点点头走了。

后来公司宴请中国总部的高层吃饭，当时我邀请 Aaron 以师友的身份与我一同赴宴。他问，对方都是一些什么人。我懒得解释太多，随口讲了句，都是值得尊重敬仰的人，多吃饭少讲话，席间不可闹笑话。他点点头。刚入席，他就急于表现自己的中文水平努力套近乎，但席间一直插不上嘴。饭毕，他清清嗓子，一脸严肃、字正腔圆地对来宾讲："今天感谢Chance的邀请，很荣幸与中国的那么多高僧们一起吃斋饭！"搞得大家面面相觑、哭笑不得，有个同事当时就笑得钻桌子底下去了。

"我不是让你今天少用中文？"我把他叫到一边小声讲。

他做了一个OK的手势，便一直保持闭嘴。回来路上还一直在纠结自己的问题出在哪。

渐渐，Aaron再也不像老师，倒是更像狂热闺密。我走到哪，他跟到哪，课后，除去他做家教与备课时间，大部分跟着我学中文，而我多半敷衍了事。因为教Aaron真真太费脑。他喜欢问东问西，但从来不过问我的隐私。我也是。所以他只知道我从中国来马来工作，喜欢对人发脾气，在此朋友不多，每天去同一个餐厅的同一个位置吃饭。我只知道他单身、印度国籍，一路打拼来到马来做了老师。后来我还知道，他每个月会给印度的母亲寄两次生活费，家里没有田地，今年住的新房子是Aaron努力攒钱盖的。Aaron平时极其节俭，很少购物，不，是从不购物，除了生活必需用品。于他，超出预算三马币的牙刷已属奢侈品。

真正见识Aaron的幽默细胞是那天他陪我去商场买日用品。因为买的产品比较多，店员赠送一瓶防晒霜，可是对没用过的品牌我也一直不敢试，就随手扔进Aaron的购物车。半夜他打电话给我，我以为出了什么大事。

"Chance，是不是你拿的防晒霜？我找不到付款单据了。"

我知道他是什么意思，赶紧解释："那是免费送的，不用付钱，我买的。"我挂断电话。

不一会，他电话又进来："我这么黑，就不要用防晒霜了，反正是送的，不如你明天把单据给我，我去换瓶洗发水。"

我摁断电话，第二天给他送了一大箱洗发水。这下，他的头洗得更勤。

有时我在公司楼下健身，他想学东西就跟着我。见我对拉伸背部的机器情有独钟，他问："Chance，这个机器用中文怎么讲？"

"不知道！"

"你怎么会不知道？快告诉我中文名称！我要做笔记。"他严肃地问，并翻开那密密麻麻的小本。

"这个是皮条。"我指着拉伸器上的皮带子讲。

"明白。"他煞有介事地做了笔记。接连几天他都会去健身房等我，有时提前见我没去，就给我打电话问："Chance，你到了吗？我在那个皮条的地方等你？""等下就去。"我回。

隔了一段时间，我介绍他和几个中国朋友互相认识。朋友夸我最近瘦了不少，同事追问瘦身良策。

"运动健身！"我一口吞下半块三文治。

"鬼才信！你该不会服用印度减肥药吧？"朋友一脸坏笑，并追问Aaron："阿三，她是不是偷吃印度减肥药？"

Aaron见我被误会，赶紧一本正经替我辩解："Chance真的是运动瘦身。"他做发誓状。

"你们以后不要再喊他阿三了！怪难听的！"我突然有些反感朋友对Aaron的称呼。

"那你还不是阿山阿山的叫，我们又没有别的意思。"朋友驳回。

过快的中文语速令Aaron听得一头雾水，"Chance每天拉皮条减肥。"见我与朋友争得面红耳赤他却一句都听不懂，便喊出这样一句话。此话一出，立即引得哄堂大笑。从此，他在我的朋友圈里成了个笑话。

随着工作量增加，我学英文的时间少了。他学中文的时间渐渐多起来，而且逢人就要大秀汉语。我阻止过，可他不听，他一出丑，我更糗。

出了几次"洋相"后，他的热情只增不减，一接触到新词就爱问。

又是一根筋，问多了我也懒得搭理，随便糊弄几下就算过去。比如他不知从哪听来"饥渴"这词，他问什么意思。我分开解释："饥是 hungry，饿的意思，渴是 thirsty，想喝水的意思。"他连连点头，做了笔记。"最近我会很忙，就不经常见面了，你以后自学为主吧。"我鼓励他。

"好。"为此他买了很多工具书。

那么问题来了，有次我从马六甲出差回来，他至机场接我。飞机晚点两个多小时。接机楼的人群中，他冲我振臂高呼："Chance，我等到花儿都谢了，你现在一定非常饥渴吧？"

"啊！我不饿。"我打了个寒战，埋首钻进人群。

"可我刚上完课就过来了，现在很饥渴。"这时机场华人纷纷投来的诧异目光。洋相不分时间地点，我怨怼。

"以后你在公共场合不要讲中文，以免害我尴尬。"回宿舍的路上我叮嘱他。

"为什么？我又讲错话了吗？"他又追问不休。

"既然你那么喜欢中文，我帮你介绍一名专业老师吧。"我在他洋相百出后准备放弃，毕竟当时教他只是还个人情，不想他却那样执着。

（五）

可能怕我不愿教他，他变得无比殷勤。时不时到公寓为我及同事辅导英文与马来文，时不时来给我们拖地做饭，时不时"路过"公司给我送点心。

"你这个朋友阿山很可爱啊。"同事调侃。

渐渐我发现 Aaron 看似邋遢，但有情感洁癖；看似莽撞，生活中却十分细心；看似总是不修边幅，却十分注重内在的修养；他讲话总是词不达意，却十分热爱学习求知。除去抠门，我渐渐找不出他明显的缺点……课余，Aaron 常约我去吃一种叫作 Biryani 的饭。他讲简陋的饭菜是怀念家乡的方式之一，但我只感受到他深深的"抠门"。

"阿山，假期去马六甲？"我学他一边抓饭，一边问。

"要搭飞机不想去，不喜欢坐飞机。"他用那发黄的袖口擦擦嘴，然后递给我一张干净的纸巾。"我要利用这些时间学习语言和赚钱。"

"我请你，我买机票。"我讲。

"那我考虑下。"每次吃饭他会给我弄一双筷子，但他自己不会用筷子。吃完他掏出纸巾擦擦手。

"周末去 Pavillion 理发？听讲那儿有明星表演。"

"明星表演有什么好看？"他嗤之以鼻。

"看看嘛，反正不要钱，而且我有理发卡。"

"那周末去吧。"

他总是拒绝一切需要花销的活动。我抱怨他是个守财奴，他从不解释。

有次 Aaron 邀请我去他简陋的"家里"品尝他亲手做的印度菜肴。我推三阻四还是去了。

"我真想念我妈妈做的饭。"饭毕，他突然伤感起来。

"那你圣诞节回印度看她。"我拍拍他的肩，收拾碗碟，安慰道。

他黯然："哪有钱回去？"

我只当玩笑，"瞎讲，回去看母亲，不要在乎钱，要不你就搭船，搭火车再转摩托车。母亲会为你的孝顺而欣慰。再不行我给你买机票。"我笑他，心里再次为他的"抠门"而震惊。

这次，他不再答应。

我生日，他破天荒请我在阿罗街的湖南餐馆吃了大餐，足足 300 马币。饭后 Aaron 拦下一辆的士，经过一番砍价以 50 元车费成交。我一看对方是个印度司机，掖了掖怀里的 LV 包对 Aaron 讲："你先搭这辆走，我们各自回家，我等华人的车。"我习惯了安全感，理所当然地讲。

"我已谈好价钱！每人平摊 25。你不去我一人要支付 50 元。"他脸一沉，独自钻进车里。

"你先走吧。"我将 50 块钱塞给他。

见我依旧不肯上车，他从车里跳出来强行把我拽进后座。"这条街很乱，你最好跟着我这种男子汉！"

"50 块钱都要砍价，哪有什么男子气概？"我反唇相讥。

"还不是因为我们今日消费太多了？太多了！"

下车时，我甩给他一张面值 100 的马币："给你，不用找了！"

"你不要这样嘛，我开个玩笑而已！"

当然，车费他没要我平摊，生日全程 Aaron 买单。

（六）

突然有一日，同事想学马来语，并愿支付高额学费，我向她推荐 Aaron。几日不见他在校园，手机也联系不上，便不请自来，敲开他的寓所大门。

一推门，惊呆了。

那个矮胖黝黑的印度中老年妇女盘腿坐在地板上，虽然彩色头巾将她的头发包裹得严实，但还是可窥见点点斑白。整个人看上去憔悴不堪。Aaron 正轻抚她因抽泣而颤抖的脊背，轻言细语安慰着。

"Excuse me？"我杵在门口。

Aaron 抬眸扫见我，慌乱无措，噌地起身问："你不上班？"

"今日休假，来给你介绍两名学生。愿付高额学费。"我结结巴巴，不知道将如何面对接下来的局面。

"这位是我妈妈！"他介绍，继而转身对母亲讲着什么，母亲点头。

她起身上前，双手合十对我深深鞠了一躬。我手足无措地将她搀扶。

"Chance，我姐姐昨日去世。"他突然偏过脸，哽咽，悲伤不可抑制。

"这是怎么回事？"我企图追问究竟，但 Aaron 母亲那无助而绝望的眼神令我将嘴边的话咽下。话还未问出口，两行泪已滚至爬满皱纹的脸颊。"对不起，我可以做点什么？"事发突然，我克制住莫名其妙的悲伤，与他们一同席地而坐。

Aaron 的父亲在 Aaron 幼年时锒铛入狱继而病死狱中，尸首全无。大姐因为先天性右眼残疾而嫁给邻村贫穷的老司机。二哥在砖窑做工养活一家大小，前几年被火车轧死。两个弟妹还小，兄弟姐妹五个只有 Aaron 享受到读书的权利。为了支撑自家与娘家的生活开支，大姐不得不接受为美国不孕夫妇代孕。"生一个孩子可获一千美元补贴"，Aaron 的母亲时不时会提起这个。这在他们看来是一笔非常可观的收入。据讲姐姐至今已为三对夫妇成功生育两个孩子。但前不久，她永远躺在了那间破旧不堪的印度公立医院。母亲正为此事亲自而来，她不识字，言语不通，未出过远门，此次赴马艰难可想而知。这些艰难的经历，终于由 Aaron 亲口道来，像一截泡在开水里的苦瓜，释放着那些令我们避而不及的苦。

讲完，他双目长长紧闭，如同一把羽扇，双眼有湿湿的黑眼圈，疲惫不已。

"生活会越来越好的，我们都要勇敢。"我用尽所有力气给他安慰。相识那么久，他将我当朋友，我却对他这些苦难不闻不问、全然不知，不仅如此，我还常常对他加以嘲笑，想到这，自责不已。

Aaron 的母亲不停捶打自己，据讲 Aaron 到马来西亚工作后便不允许姐姐给人代孕，但是这次母亲以家里修房子为由，半推半就令姐姐再次踏进代产医院。

"是我将他送进了地狱！"从她的表情中，我猜测她那句话是这个意思，她将所有责任归于自己。

后来 Aaron 却对我讲，母亲的意思是："不知道生活要怎么过下去。"Aaron 讲她恨母亲杀死了姐姐。

这位无助的母亲带着歉疚与绝望从故乡而来，却在饭点强忍悲痛下厨为异国的儿子烹制晚餐。我起身告别，却被 Aaron 母亲拦下。她抚摸我的额头，心满意足的样子。

"Chance，你留下和我母亲一起吃饭。"Aaron 也试图挽留。他将我叫到一边，特意用英文交代，如果母亲误会我们的关系，请不要解释。

我点点头。

我留下用餐，并学着 Aaron，将舌头放进茶盘的杯子里舔饮他母亲制作的茶饮。生活原来是这样择人而噬，看着这对母子，我想。由于语言不通，整个晚上三人低头无声，泪在眼睫，但谁也没有再提难过的事。

Aaron 的母亲第二天一早回印度，家里还有弟弟妹妹们需要照顾。我与 Aaron 送她至机场，走时我用那只 LV 包装了一大袋燕窝和东革阿里交给她。

"请一定保重身体。"我用中文讲。她一直摇头，紧握我的双手，眼眶通红，好像有许多话要讲，她将所有的话语汇成眼神，落在 Aaron 身上。一转脸，母子眼眶通红。那泪是一个母亲无法被理解的悲伤，也是一个儿子无法尽孝的遗憾。

我紧紧拥抱 Aaron，吞下泪，像是吞下许多疼痛，喘不过气来。

Aaron 通过一段时间的调整，重新进入亢奋的工作与学习状态。他中文学得有模有样，马来文私教的学生也越来越多。当然，至银行汇款也越频繁，他再不叫我陪同，也不接受我的慷慨解囊。

"需要我一起吗？"我有时会问他。

"你忙你自己的事情，我自己可以处理的。"他委婉拒绝。经历了那件事后，Aaron 变得不再话多，有时我问他什么，他会从一次走神中，很久才回过神来。

所有和姐姐有关的字眼，都会让他极其敏感和难过。

Aaron 只有在一种情况下会找我帮忙，那就是和他妈妈打电话时。有时我在上班，他突然跑到公司楼下喊我。"Chance，你来帮我忙，我妈妈打来电话，你只要轻声讲句你好就可以。什么也不需要做，让她感觉到你！"

我每次接过电话，就会讲一句："你好，我会去印度。"这是 Aaron 教我的唯一一句印度语。

电话那端就会传来咯咯的笑声，我能感受到那笑声中的满足。

不多久，我提前接到通知：即将被调回中国总部。

突然的调派令我措手不及，主要是不知如何向 Aaron 道别。他尚处忧伤时期。

经过深思熟虑，我打电话告诉他，我要回国工作。

"那么快就回中国啊？"他吃惊而难过，却没有再多讲一句。

"但我会继续自学，并且我估计不久还会回这里。那时候我们一起测试各自的语言水平啊！"看他有些凄然，我突然编出一个谎话。

"只能希望你再来。"他重重叹息。

离开吉隆坡前，他约我在寓所附近的意大利餐厅吃饭。我不肯，他执意要为我饯行。

餐厅放面包的盘子是蚌壳形状，餐前小食的大盘子则是一个牡蛎壳的样子，磨砂质地搭配水晶酒杯和 BROGGI 的刀叉，满满的高级感。这与以往每一次的 Aaron 都十分不同。

"Roasted Chicken，Costolette alla Milanese。"他念出菜名，并执意不要特价菜。

菜上桌他一言不发，只是手握刀叉将盘中食物翻来覆去，食物纹丝未动，他却被翻得眼眶通红。

"你是不是脑子傻啦？我们那么熟你还要浪费，根本吃不完嘛！"我见气氛悲伤，假装责备，其实是心疼他的钱。

"你是我在这个世上唯一的朋友。"他沉沉吐出几个字，像初见时在机场那个可怜巴巴的样子。

霎时间，我哽咽，泪水喷涌而出，讲不出为什么，也讲不出一句再见的话。临走前他要求再送我去机场，按约定时间提前打车到了我的公寓门口。

"想来想去只能送你这个。"尽管当下彼此眼眶已通红。但他耸耸肩，装作无所谓的样子，身后是一只崭新的 samsonite 行李箱。

回国后，并没有马上忘记 Aaron。

只是忙碌会让人疲惫和忘却。没完没了的会议、钩心斗角的升职、拖着行李箱满世界的出差，我常常累得喘不过气来。起初与 Aaron 通信频繁，再后来我谈恋爱，又失恋，换了电话再给他打去已是空号，再后来便失去联系。

今年 6 月去吉隆坡出差。沿着那条熟悉的、荡漾着印度素馨花香的小路走到学校去找 Aaron，他们告诉我，Aaron 老师的母亲几月前去世，他已辞职回了印度，未留下任何联系方式。

青橄榄

　　我曾以为，仓促的青春里那些沾沾自喜、誓必珍惜的情谊，已经败给时光飞速的腐朽。可多年后，那些素白信纸上，用纯蓝墨水写下的青葱回忆，又随着青橄榄，再次漫过味蕾，涌向心尖。

（一）

　　大概十年前吧，或者更早。

　　中考一结束，我砸了自己的储蓄罐，带上一把吉他和偷偷攒的零花钱，跳上去深圳的火车，开始毕业旅行。从同学那得知，自己考了全镇倒数第一，不敢回家，在深圳躲到十月份。

　　那个灰色的季节，我以插班生的身份，和另外59名中考发挥失常的各校同学，被分配到分数最低的高中，以及最差班。之所以选择离家百里的学校，在我看来，是因为我中考落榜，加上离家出逃，爸爸认为颜面扫尽才将我送得越远越好。

插班第一天，我正漫不经心地在讲台做自我介绍，班主任触电般将头转向教室门口，朝某飞快的身影喊："给我站住。"那个男生就站住了，做了个鬼脸。

他就是李智楠，高大、白皙、面庞清秀、目光狡黠，穿那种类似《流星花园》里 F4 的牛仔喇叭裤、紧身白衬衣。一缕桀骜的长碎发突兀地飘在前额，嬉皮笑脸，一副"你奈我何"的样子。不等我细看，他早已溜之大吉。

"你继续。"老师瞪着他的背影对我说。我吓了一跳。

李智楠的座位在教室后方角落。课堂上，他总能神不知鬼不觉地溜出去，打游戏、踢足球，有时去网吧上网，总之没有一样与学习有关。

班主任是个血气方刚的青年，教我们英文。他常在课上面红耳赤地喊："我迟早会让你们明白成绩决定命运。"末了，还不忘厉声朝李智楠那个位置喊："尤其是你，Rotten Apple（害群之马）。"这时全班的目光就齐刷刷投向李智楠所在的那个角落，有调侃、有轻蔑、也有人感到敬仰。他是个有些特别的存在。

面对这些，李智楠呢，有时报以嬉皮笑脸，有时刚好沉浸在一次走神中，没有反应过来，有时座位上早已人去楼空。

我在班上属于那类可有可无的人，过度自卑或自负，没有集体意识，从不参加班级活动，课上安分守己，课后离群索居，和全校所有人的关系都不太融洽。说白了，对我来讲，读书不过是个幌子而已，混到高中毕业也算完成家里交代的任务。我上网、打桌球、骑摩托车。在大家眼里我也是个 Rotten Apple，和李智楠没有本质区别。

高一生活，不咸不淡，我不合群地穿梭在播音室、文学社、寝室、教室之间。而李智楠，依旧是来无影去无踪，他那在教室里昙花一现的身影，只有在足球场上奔跑时才格外认真。

某天我在一节政治课上收到一只从后排传来的信封。

政治老师兑着眼，在台上有气无力地讲着："经济基础，决定上层建筑。"

我打开纸条，是那种带有日本漫画，漾着花香的信纸。花哨而空旷的纸上工工整整写着："万水千山总是情，请你吃饭行不行？"我"扑哧"笑出了声，同桌饶有兴趣凑过半张脸："肯定是李智楠又在恶作剧。"

我极度不安，将信纸揉成一团，做抛物线状扔进角落的垃圾桶。老师抬眸扫过……随着入睡人数增多，教室也窒闷起来。

"李智楠，听课！"老师从牙缝挤出几个字。李智楠正托着下巴望向窗外，杀鸡儆猴，大家见怪不怪。

下课铃响，李智楠拔腿就跑，我疾步上去拽住他："李智楠，请不要写一些乱七八糟的东西给我。"

"谁写乱七八糟的东西给你了？"他惶惑。

"就是那个什么万水千山总是情，请你吃饭那些乱七八糟的。"

"你神经病吧？谁没事请你吃饭？"他一脸的不耐烦，甩开我的手，迫不及待朝球场奔去。

自此，我们相互轻蔑，也并不打算往来。

（二）

有一阵子，班级兴起"一带一"学习模式，我和李智楠属于文理偏科的两个极端，理所当然地被分配在一组，老师说文理相辅导。

"老师，我不想跟他一组。"我气急败坏。

老师有些为难："同学之间的私人矛盾不要带到课堂上。"

"老师，我跟她没有私人矛盾，是阶级矛盾。"李智楠说。

"你闭嘴，不想上学让你爸爸把你弄回去。"老师火冒三丈。

李智楠是理科天才，我佩服他甚至有些无师自通的天赋。原以为他那种性格的人，对这种学习模式以及我，会公报私仇采取非常敷衍的态度，就像我敷衍他。但后来，我发现自己错了。

大概一个月后吧，那个燠热的午后，我和周慕从书店回来，经过校园后门遇见一群社会青年围堵李智楠。直觉告诉我，李智楠遇到麻烦了。他见我们来，将头瞥向一边，眼中或许有着一丁点哀求。我知道那时如果我和周慕去报告老师的话，李智楠完全可以免去一场麻烦。

周慕拽我："你最好少管闲事。"

"如果他真的被人暴打一顿，也是活该。谁叫他和社会渣滓混在一起。"我想起他那天对我公然羞辱，心一横，假装什么都没看见，跟着周慕径直往教室走去。

周慕是我们班唯一一个读过"罗博报告"的同学，他沉静内敛，文采斐然，会弹吉他，读过的课外书五花八门，上课回答问题能够旁征博引，常与老师侃侃而谈，深得各科老师喜欢。我虽然不喜欢他有点自大的个性，但是他总愿意主动帮我解决接二连三的困扰。比如，劝退那些给我写情书的男孩，比如下自习后一路护送我回寝室，比如帮我做数学作业，比如托人从日本帮我买来各种漫画书。更主要的是，周慕是这个学校第一个主动和我打交道并以此为荣的人。

李智楠消失了一个星期，课堂没有这个"害群之马"似乎冷清不少。当我从隔壁宿舍听说李智楠和人打架住院时，竟有些自责。

"听说李智楠住院了，是不是该去看看他？我觉得多少和我们有点关系。"课后，我征求周慕的意见。

周慕斩钉截铁地回我："不要给自己惹太多的麻烦，李智楠就是害群之马，他在外面和社会青年混在一起，对我们没有好处。"

"可是他经常被打。"

"那是他自找的，我们怎么不被打？"

我权衡再三，只得听从周慕的建议。

在一个停电的晚自习，李智楠回来了，头缠纱布。当他一瘸一拐走到我座位前时，我猛地一怔。

"完了！报仇来了。"我当时想。

还未来得及开口讲话，他将一本沾着血迹的笔记本摔在我桌上，点燃的蜡烛被熄灭后倒在桌上，烛油洒了我一身。

"李智楠，咱们有怨报怨，有仇报仇，光明正大就好，玩什么午夜心跳啊？"我望着教室后墙的时钟，晚上十点整。

当天因为下雨停电，很多同学早早回寝室了，我嫌宿舍吵，单独留在教室写作文，再过几天就是作文竞赛的日子，这是我最有存在感的时刻。

"这几天欠你的习题，全部归总到了一起，你不要再去老师那里打我小报告，行行好，让我清静清静。"说完转身准备离去。

"我什么时候打过你的小报告？你在一个雷电交加的晚上特意来警告我这个？"面对他的误解，我怒不可遏。我对他纵然不满，但他落下的辅导，周慕已全部补上，我巴不得和李智楠划清界限，至于打报告，完全不是我作风。

"没有最好。"他转身要离开。

"等等！我还没有辅导过你呢，你等等。"我追出去。

"心领了。"他迫不及待消失在走廊的尽头。

他再回到学校时，好像已经期中考试了。就算在学校，他也很少来上课，除了班主任的课来走个过场。但是，只要足球场上有人的话，基本都能看到他。只有在球场，李智楠才像一个闪闪发光的少年。看他汗流浃背，肆意奔跑，姿态潇洒，笑容灿烂……我忍不住去想，这样一个"害群之马"他的心里到底装了些什么。

其实，李智楠并不像他们说的那么捣蛋。那天他送来的笔记本，密密麻麻写了好多要点和技巧，说实话，我挺感动的。

（三）

学校三年一届的运动会办得如火如荼。我们班虽然学习成绩差，但德智体美劳还算拿得出手。我囿于体质原因，只担任校广播员。

周慕是我们班唯一一个没有参赛的男生。这令我第一次对他产生了鄙夷。

"那么高的个儿，哪怕打打篮球也好。腿那么长，也可以踢足球嘛！"我说。

很奇怪，嘲讽周慕的时候，我突然想起李智楠。

"我体质也不好。"他解释。

"大概你们富家公子哥娇生惯养吧。"我白了他一眼。

整整一周我在校播音室、新闻采集小组、比赛现场来回奔波。

李智楠在足球联赛那天下午才突然回校。那个玩世不恭的害群之马，朝气蓬勃，穿戴整齐，笑容满面地出现在我们班级的队伍里。

"李智楠，你可算回来救急了。没你咱们班肯定不行。"女同学你一言我一语。

这个时候，没有人再喊他"害群之马"。李智楠是校队主力，我知道他参加过很多的比赛，只要他在，我们班肯定又是第一。

"准备去！"班主任拍拍他的肩，虽然喜出望外但尽量装作严肃。

赛事最后一天，我因为体力不支又不小心打翻后勤小组的开水瓶烫了脚。其他同学忙着各自的参赛项目，无暇顾及我。

"周慕，你没有参赛项目，你就负责照顾吧。"有同学起哄。

"好！"惊慌失措的周慕不加推辞，背起我就往医务室跑。

我现在还清晰地记得他背着我的样子，几乎是玩了命地跑，速度绝不亚于运动会选手，想到这我就更对他不参赛这事感到鄙视。

"周慕，怎么回事？"医务室的老师认识他，并且已熟络。

"被开水烫伤，您快给看看。"他上气不接下气单手撑在医务室的墙上。

后来才知道，其实周慕有先天性心脏病。他背着我跑那么远，自己也差点发病了。运动会结束，"看护"我的任务又落到周慕头上。

那段日子他一边忙着背我换药，一边还得给我做理科辅导，来回忙碌从不抱怨。而李智楠，除了将做好笔记、圈圈点点的笔记本习题给我外，几乎从来看不到他的人影。有时，我会心血来潮拄着拐杖去球场寻找那个熟悉的身影。

运动会结束后，我们班迎来真正意义上的扬眉吐气，各项比赛均取得不错的成绩，足球联赛拿了第一，不仅如此，听说李智楠被市里足球队选上了。可李智楠本人却十分淡定，好像这些荣誉和他没关系。

周末班级组织为李智楠办了庆功宴，他没有拒绝也没有表现出格外的高兴。庆功宴那天，我因腿伤推辞，待在宿舍休息，也没和大家打过招呼。

"除了周慕，大概没人会在意我是否存在吧。"我想。见我没去，周慕竟然也提前回校了，他跑到宿舍找我。

"我不喜欢这种和学习无关的场合。"周慕抱着厚厚一摞复习资料交给我。"其实你的学习天赋挺好的，和李智楠不同，为什么不好好学习呢？"他说。

"你住海边吗？管得真宽。"

正当我们快要不欢而散时，昏暗的路灯下一个身影被拖得老长，F4的喇叭裤，紧身白衬衣。

他越过周慕快步跑到我面前，堵住："不要那么狭隘嘛。私人恩怨放一边，希望你以大局为重。"他一手握住我的拐杖，一手插在口袋里。

"谁跟你有私人恩怨？"我头一瞥，撞开他。

见我不依不饶，他无赖地说："算了，那天我是无意的，那信真不是我给你写的，我最讨厌那种花里胡哨的信纸，还有那种没有营养的打油诗，这不是在文学社才女面前卖弄么？"

我好气又好笑。酷酷地说："过去了，早忘了！"于是得意地、一瘸一拐走向宿舍走道，李智楠和周慕互相看不惯的样子令人忍俊不禁。

这次运动会不仅让我和李智楠冰释前嫌，也让班级内部更加团结了，同学之间突然变得感性、热络起来。

"上次你的课本是我烧的，真是对不起。"

"没事没事，你的跑步鞋不也让我扔到鱼塘了吗？嘿嘿。"

"难得一个班，那以后我们有福同享。"

"考试同抄！"

"好，好。"

（四）

我对周慕的好感，在一件件小事中瓦解。并不牢固的友谊，终于在那年元旦晚会上，如一堵危墙般轰然坍塌。

元旦晚会前几天，李智楠又从学校消失了。有人说他去隔壁学校找女朋友了，有人说在网吧看到他，又有人说他快转学了。

晚会彩排时，周慕神秘对我说："晚上会给你一个小惊喜。"

我笑笑，没多问，料想也只是送个小礼物什么的老套惊喜吧。周慕这种人，永远不会犯错，但手腕如昔。

周慕当晚请了很多校外朋友来参加我们班的联欢会。

他的晚会节目，是朗诵德·拉马丁的诗：

万物凋谢的秋

月光朦胧

如友人的告别般凝重

　　像临终紧闭的唇角边

　　一丝微笑

　　掌声寥寥，他冲下舞台拉起我的手，然后从口袋里掏出一个咖啡色盒子，一本正经地说："送给你。"

　　精美的盒子里装着一颗刚好匹配的珍珠。我瞠目结舌。

　　"这就是我喜欢的女孩子。"他拉着我的手，向他请来的人介绍。也许他正自鸣得意沾沾自喜吧，也许他以为我会感动得一塌糊涂。而我只是觉得尴尬无比，恨不得抬手给他一巴掌。

　　"周慕，你神经病吧？"我恼羞成怒，令他始料不及。

　　"我只是想让我的朋友认识你，没有恶意啊。"他解释。

　　一直来，我只将他当作一个不错的男同学。他努力讨好，我也只当他是生活无聊缺少朋友罢了。他今天这一突如其来的举动，令我备感羞辱。

　　"你的好意让我感到非常丢脸。"我告辞，并额外向众人解释自己并不喜欢周慕。令心情多云转晴的是，我在乌泱泱的人群里见到了李智楠，他背一把吉他，跳上舞台。

　　"东风破。"他调试吉他，清了嗓子，甩甩前额的碎发，扬起下巴，斜眼瞥着台下，身体随节拍抖动。

　　一盏离愁孤灯伫立在窗口

　　我在门后假装你人还没走

　　旧地如重游月圆更寂寞

　　夜半清醒的烛火不忍苛责我

　　一壶漂泊浪迹天涯难入喉

你走之后酒暖回忆思念瘦

水向东流时间怎么偷

花开就一次成熟我却错过

唱罢，他腼腆地笑："害群之马，没有什么才艺，希望大家不要笑我。再见。"

也许因为周慕事件的刺激，令我对李智楠多看了几眼。我从不知道，李智楠的吉他弹得这么好，也没有见过谁能将中规中矩的红色套头毛衣穿得那样"痞气"十足。

台下掌声雷动。他从舞台一跃而下，钻出哄闹的人群。

"李智楠你等下。"我越过周慕朝李智楠的方向走去。

在我接连喊了很多声以后，李智楠转身停下，他身边也有一些类似社会青年的俊男靓女。众目睽睽之下我不禁觉得自己有些莽撞失态，便转换语气说："李智楠，你去哪里了？元旦晚会不是你来主持吗？"

他不回答，然后向我介绍他的那些朋友，都是隔壁学校的高中生，不过穿着打扮比较时髦前卫，也比我们略显成熟。

"你女朋友啊？"有个穿皮夹克嚼口香糖的女孩问。

"不是，谁配得上她呀。"李智楠马上撇清我们的关系，话却让人开心。"你去哪，带上我吧。"我望向正注视我的周慕，请求李智楠。

"你遇到麻烦了？"面对我的请求，他有些狐疑，又看了一眼周慕："算了，跟我这个害群之马一起对你没好处，你适合与周慕那种好同学为伍。"他说完就要转身离开。

"我从不认为你是害群之马，就算是，你我都一样。"我拽住他的衣襟。"大男人婆婆妈妈。带不带？"

他无奈又不解地环视四周然后嘟嚷："还是别，因为我可能回校比较晚，还可能……不回校。"我根本不理会这些，一心只想跟着李智楠出校，是疯也好，是被记处分也好，干脆不回来也好，反正我只想尽快离开这间尴尬的教室。"

"带！"他抓起我的胳臂，绕过周慕。那一刻，周慕的脸上写着：天塌了。

校园上空烟花璀璨，我们并不理会旁人目光，狂奔于干燥而尘土飞扬的校园路上。李智楠和与另外几个男同学一人跨上一辆摩托车，扭动钥匙，轰轰的马达声尖厉刺耳。

见我双手尴尬地反按在车后座，李智楠开玩笑："你愣着干什么，抱紧我啊，摔下来谁负责？我没钱给你治，也不会像周慕那样每天背着你换药。"他永远是这样，好话不会好好说。

"闭上你的乌鸦嘴，我不要你管。"我接过头盔，乖乖从身后轻搂他的腰。

当跨年的钟声敲响，我们被班主任从旱冰场抓回学校，每人写了一百份检讨。

（五）

第二个学期，周慕好像变了一个人，因为元旦那件事。

李智楠也好像变了一个人，不过是因为另外一件事。

他这种惊人变化发生在那天下午。

校园的梧桐正盛，午休时间，我独自伫立在教室门口背单词，周慕已经很少主动找我一起做作业，此时他正听着他爸从日本带的学习碟片。随着一声尖叫，我朝操场望去。炎炎烈日下，一个中年男人正追赶李智楠，嘴里骂着"你翅膀硬了是不是？"

"看，是李智楠。"不多时各个教室门口挤满了看热闹的同学。有人拍手叫好，有人呐喊助威，而李智楠像个小丑般被中年男人揪住了。

"我起早贪黑卖煎饺，辛辛苦苦供你读书，你不好好上课踢什么鬼足球？"这疾言怒色的男人是他爸爸。李智楠一言不发，手上那只足球早被踢飞。"我让你踢！让你踢！你还能踢到国家队不成？"不一会儿，那个足球被李父踩得伤痕累累。

那个下午，李智楠成了大家的笑话。可我却莫名地有些难过。

"活该，本来就该以学习为重的。"周慕自言自语。

"我不觉得，青春那么欢快浪漫，如果没有一技之长，做个书呆子多无趣啊。"我故意说得大声。周慕意识我在讽刺他，脸一直红到耳后根。

李智楠的爸爸打起人来可真不含糊啊，李智楠挂彩了。在班主任的带领下，我们全班都去卫生院探望他，药水一点点滴进他的身体里，他望着窗外，心事重重。

"害群之马。"有同学喊，但这次没有戏谑了。

他朝我们看了一眼，几乎将头埋进胸口，但还是强颜欢笑："那么多人旷课想要集体写一百份检讨？"当班主任站到他面前，他愣了，将头埋得更低。

"李智楠，你爸爸固然不对，但是你作为体育特长生忽略文化学习也是不对的。要认识到自己的错误并积极改正。"班主任显露出难得的温和。

"是啊，是啊，只有文化成绩赶上，你爸爸才不会干涉你踢球。"大家你一言我一语，病房开始热闹起来。

我故意最后一个离开，忐忑不安塞给李智楠一张小纸条。

写：两次见你挨打，都是因为足球。第一次是因为对手看不惯你赢，第二次是因为你爸觉得你耽误学习了。但你依旧执着，我相信，那是你的梦想，就像写作是我的梦想一样。而梦想只有在坚持里，才会发光。我相信你，李智楠。

李智楠出院回校后，真的变了一个人。那天课后他也塞给我一个小纸条。

素白信纸，纯蓝墨水写：

谢谢你对害群之马的信任，既然有梦，我们只有努力。也许真的只有文化成绩赶上了，才能尽可能地完成其他的梦想吧。

那件事后，他课堂出勤率极高，积极配合老师提问，几乎不在课堂开溜，不过对足球的狂热还在继续。

和李智楠的关系缓和后，周慕对我更加冷淡了。而我，又好像觉得周慕其实并没有那么招人嫌。

和周慕的关系僵化让我很不舒服，我决定找个机会求和。

机会来了，周慕因为偷看试卷而被警告处分。全校都在议论：真看不出啊，周慕竟然是那种会偷看试卷的人。

我一想，反正我成绩不好，不如干脆我来背黑锅，做个顺水人情。

第二周，人人都在讨论：真是人不可貌相，原来偷看试卷的竟然是苏舟窝。

第三周，李智楠逢人就解释试卷是他偷的。于是人人都在讨论：我就猜到了，肯定是李智楠干的。

后来，年级主任将我们叫到办公室，批评教育了一下午。大家矢口，试卷是老师自己不小心泄露了。

因为此事，周慕自知无理。

"你也别生气了，江湖儿女，相识一场多不容易。"周慕在校园路上拦住我。

"谁跟你生气了？是你自己太小气。"我顺着台阶往下走，我们握手言和。

第二天，周慕主动要求帮我做作业。

（六）

　　偷看试卷风波过去后，李智楠"转型"。我、周慕，李智楠三人主动要求被分在一组，学习上互通有无，生活上相互督促。我们自称 X 中小旋风组合，甚至定了小队规章：李智楠不许去街上打游戏，苏舟翯不可以上课嚼口香糖，周慕不可以代苏舟翯写作业。

　　周慕和李智楠个性天差地别。周慕外冷内热，李智楠外热内冷。李智楠和我说话总是不依不饶。周慕就完全不一样，他比李智楠绅士多了，他从来不和女生吵嘴，而且对我处处谦让，即便是我无理取闹他也尽量找理由平息。李智楠和周慕一起坐大巴陪我去市里参加作文竞赛，我和周慕在足球场为李智楠呐喊助威，李智楠和我在辩论会上为周慕加油打气。除此之外，我和周慕的早餐，李智楠包了，他家煎饺全镇最好吃，每天摊位前都排着大长龙。通常李智楠会早早装上三份，带到学校和我们一起吃。

　　那天我们在校园的树荫下吃着煎饺。吃着吃着，李智楠的嘴就没有把门了："你怎么老喜欢用那种带有漫画的信纸啊？还有香味，多娘啊，白信纸不好么？干净简单。"李智楠调侃周慕。周慕低下头，一直朝他使眼色。

　　我在数学课上走神时，周慕写纸条刺激我："日后想成为记者或作家，数学成绩不过关，考不上大学写了也白写。"依旧是那种漫画信纸。我报以鬼脸。

　　李智楠因为疲惫倒在球场呼呼大睡时，我和周慕挤兑他："除了踢球认真，我在你身上看不到一点人性的闪光点。"

　　几何课程中讲过，三角形具有稳定性，而那时，我们的友谊，就像一个牢不可破的三角形。

　　我们三人总是并排躺在星空下的草地上，有时我们也一起去校外湖边放风筝，李智楠讲得最多的是球星，其次是他死去的妈妈。

李智楠的妈妈是在 1998 年那场大洪水中离开的。他回忆妈妈时，悲伤逆流成河，当他讲贝克汉姆、梅西、罗纳尔多，又往往口若悬河、眉飞色舞。

我和周慕习惯了在他两个极端的情绪间转换。当然我们还是会尽量将话题引向欢快处，比如国家队，比如作家，比如留学。这是我们三个人心底最简单的梦。

李智楠坚定无比地认为那个掉了皮的、棉絮都要飞出来的足球，会带他去往想要的地方。

我和周慕深以为然。有时周慕讲起他在国外经历的趣事，我和李智楠听得眼都不眨，仿佛身临其境了一般。而我能给他们分享的，大概只有对文学作品的看法吧。

第二学期放假前一天，周慕给我和李智楠传了小纸条，素白信纸，蓝墨水写：晚 8 点足球场不见不散。这是我们商议"大事件"的方式。

我怀着忐忑而兴奋的心情从宿舍溜到足球场，李智楠和周慕早早躺在空旷的球场，他俩双手交叉枕着头。

"我来啦。"窃窃私语随着我的到来戛然而止。

"嘘。"李智楠噌地坐起来，说："有好东西吃。"

周慕从兜里掏出一个小袋子。

"什么东西？"我赶紧在他旁边坐下。

"青橄榄，伊朗来的，尝尝？"说完他递给我和李智楠，又扔了一枚到自己嘴里。李智楠咀嚼几口皱起眉。"这也太难吃了。"

我也学着他的样子将橄榄扔进嘴里，又哇地一下吐出来了。

"什么东西？又苦又涩，难吃死了。"

他俩捧腹大笑。

"青橄榄就是这个味道啊，你先闭着眼睛慢慢咀嚼，然后你就习惯了这种苦涩，不一会儿苦涩就会变成甜甜的味道。可别浪费好东西。"周慕一边说还一边示范。

"有点熟悉，像什么味道呢？"我问。

"大概是爱情吧。"周慕说。

"瞎说，明明是友谊。"李智楠纠正。

渐渐地，我们吃下第二枚，第三枚，由苦涩到微甜。

这种美好，可以媲美漫天星光，一直甜到心尖。

"真没想到会和你们成为好朋友。"周慕感叹。

"是啊，我是害群之马，你是学习标兵。"李智楠笑。

笑着笑着他们就突然不说话了，敛容屏气，好像都各有心事。

教导主任的手电筒光从操场射来，李智楠噌地跳起身体，"舟鹭，我喜欢你。"他匆匆在我唇上啄了一下，头也不回地消失在月色中。将我和周慕扔在沉默里。

"我也回宿舍了。"我吸吮着涩涩、苦苦，又甜甜的青橄榄，用力地呼吸，以至于鼻腔酸痛，差点要哭。

（七）

李智楠家里没有电话，我在空虚、不安和莫名的想念中熬过漫长的暑假。周慕打电话给我，我答非所问，心不在焉，后来他就不打了。

假期即将结束时，我收到周慕给我寄的信。素白信纸，纯蓝墨水。内容简短明了：正在日本旅行，会晚一阵子回学校。

新学期伊始，校园里到处都是熟悉面孔，唯独没有李智楠和周慕。

"李智楠让我转告你，他转学了。"一个黄发男孩骑着摩托从我身边一晃而过。

"啊？哪个学校？"我这句话没来得及被摩托男生带走。

李智楠爸爸的煎饺铺子换成了一家游戏厅，门面尚在装修。

我绝望地走在校园冰冷的水泥路上，这条路就是去年李智楠拉着我狂奔的地方，是我们早晨吃煎饺喝豆浆的地方。我们仨曾经约好一起报读文科班，现在周慕迟迟未归，李智楠下落不明，剩我在校园茕茕孑立。

有人说李智楠转到了县里的重点中学，有人说他生了很严重的病，还有人说他被市里的足球队带走了。

几个月后我收到李智楠的来信，没有邮戳。

舟蓊：

　　我很好，好好学习，照顾自己。我们的梦想需要以文化成绩为依托，我也会努力。勿念。

李智楠

偌大的信纸，只有这歪歪斜斜的几个字，我不禁一阵心酸和心慌。曾经那些势必珍惜的情谊难道都是假的吗？为什么要突然转学？我心里七上八下，恨不得马上飞奔去找他。可我连他的地址都没有。

开学不久，我从学校宿舍搬出来，加入校外的诗社，偶尔还给报社副刊投稿子，为了有个较好的写作环境，我在校外租了一间安静的阁楼。

生日那天，意外收到两件礼物。一件是周慕从日本寄来的"三宅一生"香水，一件是李智楠用蓝墨水在素白信纸上画的小人，内容是我们三个一路走来的点点滴滴。

那天晚上，雨狠狠地敲着窗户，我握着笔，用素白信纸和纯蓝墨水洋洋洒洒地写了三大张信纸，准备第二天分别寄给他们俩。

耳机里是阿桑寂寞的声线：

天黑了　孤独又慢慢割着 / 有人的心又开始疼了 / 爱很远了 / 很久没再 见了 / 就这样竟然也能活着 / 你听寂寞在唱歌 / 轻轻的 恨恨的 / 歌声是这 么残忍 / 让人忍不住泪流成河

　　"苏舟翦。"我听见有人在楼下叫喊。

　　我打开窗，趴在窗台上，在满世界的漆黑里寻找那个声音。那个浑身湿透的身影，穿一件黑色套头风衣，像极了日本漫画里的人物。他站在雨里，仰头，就那样看着，看着我，什么都不说。我征住，也忘了叫他上楼，忘了他还淋着雨。

　　我收回身子，往后退了一步。

　　"怎么不叫我上去啊？不认识啦？"周慕在楼下喊。

　　他跑上楼，脸色苍白，顾不得身上的湿，一把将我搂在怀里。

　　"哪来的青橄榄？"他问。

　　"我买的。你们俩到底怎么了？"

　　"什么？"他问。

　　"李智楠转学了，你也突然消失。"我难过起来。

　　"我不是回来了吗？"

　　周慕回校后插进我所在的文科班，并和我成了同桌。但也几乎是在那段时间我对周慕有了新的认识，他并不是那种冷漠的、不讲义气的富家公子。

　　"我们去找李智楠，每个周末，直到找到为止。"他在课上给我写小纸条。依旧是素白信纸，纯蓝墨水笔。我点点头，心仿佛一下子亮起来，那种久违的感觉又回来了。

　　我发誓，那是我这辈子摩的打得最多的一年。一到放学，周慕准会拽上我，背上包，跨上摩的，各个学校来回奔走，我们坚信，李智楠一定会出现在某个足球场。

"还说要教我踢足球，一声不吭就不见了。"周慕常抱怨。

"害群之马。"我附和。

很遗憾，没找到李智楠，直到我们高中毕业。

上大学后，我和周慕去了不同的城市，虽然有了手机，但依旧喜欢写信，素白信纸，纯蓝墨水。

（八）

几年后。

我的新书《青橄榄》发布会那天，李智楠和周慕突然空降，作为神秘嘉宾将我弄得措手不及。周慕将法国南部空运来的一筐青橄榄带到现场，分给大家。李智楠则保留了所有我们曾经写下的信和小纸条。

三人拥抱，当我意识到李智楠左腿裤管空空荡荡时，他自己倒是云淡风轻："嗨，锯了。"

关于那年失踪，李智楠轻描淡写："我爸突发脑溢血，治疗用了大半年，掏空了家底，我辍学去了深圳打工。自学考了个师专，但又突然检查出骨癌，我本来不想治，可是那帮孙子麻药一注射，就把我的小腿截了。我太大意。不过现在没事了。"他耸耸肩一副岁月无欺的样子。

那一刻，我准备好的一肚子羞辱转为自责和心疼。

"怎么不告诉我们？"我心疼极了。

他笑笑，不再作答。"都过去了，感情还在心里就好。"

我曾以为，仓促的青春里那些沾沾自喜、誓必珍惜的情谊，已经败给时光飞速的腐朽。可多年后，那些素白信纸上，用纯蓝墨水写下的青葱回忆，又好像随着青橄榄，再次蔓过味蕾，涌向心尖。

李智楠约我们下次一起去当年就读的高中。

不过遗憾，李智楠癌细胞扩散，在赴约前两周失约。

李智楠走后，周慕捐建了学校足球场。

趋光而行

人真是趋光而行的生物，只要有一束光照进怀里，再大的事都能一下子心安。这束光让我们栉风沐雨，如蛾扑火，伤痕累累，无怨无悔。

（一）

第一次见到阿沙丽，在河口的"花样年华"。

那一带，这种光怪陆离的娱乐场所很多，我却偏偏找了这一家，所以有了后面的故事。相遇只是偶然，后来的故事却不是。

那晚，一帮男人，拼命地给她灌酒。明明招架不住，她却完全没有反抗之意，嬉皮笑脸，嘴里时不时吐出几句并无恶意的脏话。天知道，当时只是职业惯性作祟，我想从这个奇怪的女孩身上挖掘点新闻素材。

"喂！人家不想喝就算了。一群人欺负一个女孩子，你们有点过分了。"我上前干预，刻意晃了晃挂在颈上的相机。并不敢将话说得太重，独自他乡，这种地方惹上谁都不好脱身。

五颜六色的灯光映衬几张不怀善意的脸。

"你是谁啊？你这女的吃撑了吧？"一个身形彪悍、满脸横肉的男青年盛气凌人。

那个女孩像是有些意外，"谢谢你，我们只是在玩游戏！"她微笑向我致谢，随手握住一瓶酒，以牙撬开，往自己身边的桌子上轻轻磕碰，一饮而尽。

"好了，阿沙丽已经对你表示感谢了，你可以滚了。"骨瘦如柴、通臂文绣的男孩摇摇晃晃对我说。他咧着嘴，露出稀松的牙齿，少年老成的样子令我迅速后退几步。

"我还偏就不走了。"见有保安走过来，我壮了胆，索性饮下一杯烈酒。"我是记者，今天的闲事我管定了！"可事实证明，保安只是形同虚设。一伙人将我逼近角落，撂了几句狠话就准备动手。"最反感的就是你们这些自以为是的记者。"有人说。

阿沙丽见状，灵活一跃，将身子挡在我面前。"好了好了，今晚的酒算我请，豪哥给我点面子，她其实是我的朋友。下次再玩，我们不醉不归好吧？"

在她毕恭毕敬饮下几杯酒后，几个男人才骂骂嚷嚷地离去。本意是我"救"她，换成了她为我解围。

"你叫阿沙丽？"我问。其实我怎么会不知道她的名字，我整晚都在关注她。

"他们都这样叫我。你是记者，就是无冕之王。"见我有意沉默，她再说"哎呀，虽然我没读什么书，但是这个词的意思我还是知道啦。"

陪酒的女孩叫阿沙丽，中越混血。

她娴熟地将那些透明液体反反复复倒入硕大的玻璃杯，空了，再倒。

她喝得酩酊大醉后，我却异常清醒。"或许，你该少喝一点。"我说。

"阿沙丽你还不走啊？"一个同样穿着暴露的女孩子从我们身边绕

过，扫了我一眼匆匆离去。"还有约会，先走了。"

"我想写你的故事。"我望着女孩的背影，看了表，午夜 12 点半。
"我送你回去吧？"我料想她不会拒绝。刚好，我正想深入关注他们这
"一类人"的生活。

"嚯，一点小酒，不消说。"她一摆手，跷着二郎腿，递给我一支烟，
我说我不抽。"我又不是电视上那种大人物，也能写？"她眯缝着眼，点
上那支细长的香烟，看起来有点兴奋。

"能写。你装醉呢？"我诧异。顺势从包里掏出记者证。

"一看你就是好人，不像我。"她单手挡住，拒绝看我的证件，又像
是突然叹气。"写就写吧，就像电视里那样，把我的故事说给你听，
是吧？"

这时我才开始看清她的轮廓，肌肤光洁，精致的东方姑娘，抽烟的
姿势和神情倒像是涉世已久了。生活真是择人而噬，我想。

"我们出去走走吧，聊聊你的故事。"我对她越来越好奇。

她狐疑地望着我，不假思索，"现在？那你等我去换衣服。"

草绿色吊带衫、短裤、拖鞋，颈项露出嶙峋锁骨，小麦色的皮肤有
着天然的活力与性感。她瞪大了一双狡黠的眼，环视一圈，说："快，
走吧。"

"看什么呢？"我见她虚张声势的样子便问。

"嘘！豪哥他们一帮人会在这条街游荡，所以不要惹麻烦。"她调皮
地吐了吐舌头，小鹿一样的机敏。

她骑小摩托车载我沿着会所旁边的人工湖转了一圈，一路上饶有兴
趣讲她交过的那些男朋友。"聊点别的呗？比如你的家庭。"我象征性地
提醒她。"我的家庭？家里没什么好讲的事情啊……那讲我妈妈和外婆
吧？"她开始讲她妈妈和外婆的日常，没聊多久，她又跑题了，她的思
维非常跳跃。阿沙丽指着那些低矮的两层小楼说："那是一些那种交易场

所，不过是有执照许可的，很多人是被生活所迫，这是他们的工作。你不会看不起他们吧？"

我点点头，又立马摇摇头。

"就像我的工作，陪酒其实也不像你想象的那样。"她补充，露出羞怯的表情。

"不是，不是。"我辩解，其实我对她的职业压根不关心，我关心的只是她能带给我的故事。

"我特别喜欢光，看见光就好像看见希望。"她下巴扬得老高，透过指缝看着路灯射下来的光束说。

"人是趋光而行的动物，只要有一束阳光照进怀里，遇见再大的事都能心安。"我说。

"嗯。这个我听懂了。"她点点头，加快油门。

我假装自己和她已是友情笃深的朋友，一直聊到路灯全熄。

（二）

阿沙丽家就在红河边上，离我的住处不远。我在河口待了两周，阿沙丽一有时间就会主动去酒店找我讲故事，她好像特别愿意吐露自己的感情，隐私也不例外，连哪个男朋友有什么癖好她都讲。在我看来她对我的尊重，其实是对我职业的尊重。就像我关心她，只是好奇她背后的故事。看看，我是多么功利的人。

在越南父亲扫雷去世后，阿沙丽与妈妈回到中国。母亲无业，爱好麻将，好吃懒做，常年服药。他们住在河口一间逼仄的出租房里，家里所有的经济收入都来自阿沙丽陪酒，包括母亲用来支付赌博的大部分。她们唯一的亲人，阿沙丽的外婆，因为母亲当年的私奔，已经断绝关系。

"两代人有什么心结解不开呢？"我惯性地安慰即将出现在笔下

的人。

"不行，不行，他们和解不了，老死不相往来了。她要不是我亲妈，我也不爱管她。不做人事，也不会讲人话。"阿沙丽摆摆手，一副早已看透的样子。"但是话又说回来，赡养父母也是子女应尽义务。"她又补充。

讲到自己的这些经历时，这个与我同岁的女孩没有一点忧伤和埋怨，就像一个第三者在讲述着别人的故事。也许是麻木了吧，我想。引发我臆想的，是她谈及母亲的态度。

"写的时候我会匿名，会根据你的隐私只写你愿意的。"我郑重承诺。

她倒是不忌讳："你爱怎么写就怎么写啊，我又没什么见不得人的事情，陪酒赚钱也不是什么隐私。我也是为了生活正常工作，是吧？"她又嘿嘿地傻笑。

"是。"我又笑笑，不得不承认，我看不起她，但又很喜欢阿沙丽的率真。

一个烈日炎炎的下午，我拉开窗帘，看见阿沙丽兴高采烈朝酒店跑来。这个时间她不是应该在家里补觉么？晚上还得继续奋战，我想。

"舟蓻，我妈说今天请你一起吃饭啊。"她满头大汗站在楼下冲我喊，挥舞鸭舌帽，手臂紧实。

"不用啦，不要那么客气的。"我其实不太想见她妈妈。

她快步跑上楼，很严肃地说："你一定要去的，我妈妈从来没有请人吃过饭，我都说你是我的朋友了。"她像宣布一件至高荣耀之事。

"那好吧。"我换好衣服，起床洗漱。"那么早，你快回去补觉，今晚不用上班吗？"我问。

"我请了两天假，不用去陪酒啦。明天我跟你一起去寨子里，那里你不熟，有我在比较安全啦。""啊？什么？"我想拒绝，但又一时编不出理由。

她见我心存芥蒂的样子，马上问："你忘了我们是朋友啦，既然把我当朋友，就不要跟我客气。"她目不转睛盯着我，很怕我否定我们已是朋友的事实。

"好吧。"我不好再拒绝，见见她妈妈也好，说不定还能写点什么，我想。

"那不见不散了。"谈妥后她大步流星跑下楼，不一会又跑上来敲门补充了一句："舟羁，我妈妈是个性格奇怪的人，你不要太介意哈？"

"怎么会。"我说。

我磨磨蹭蹭很久才出门。黄昏时分，行人如鲫，如我一般盛装打扮者，没有！我惊呆了，那是一个小小的烧烤摊，这是我万万没有想到的，顿时感觉自己被玩弄了，说好的请我吃饭，我刻意打扮一番，如今像个小丑一般立于烧烤摊前。阿沙丽见我到来，起身搋着我介绍"妈，这就是我的记者朋友。"那个被阿沙丽称作妈妈的女人看起来精神矍铄，一点不像常年服药的人。暖艳型女人，她烫着夸张的爆炸头，着艳丽无比的抹胸裙，嘴里还衔着一支未点燃的烟，阿沙丽的精致脸蛋显然遗传了她。母女俩的一举一动在过路男人的眼里都是顶好的风景，涎脸涎皮的男子们，时不时地回头往这边看。

"真热啊，久等了。"我不得不自己找个台阶下。

"也没等多久，你快点坐，阿沙丽要我来请你吃饭。"她妈妈礼貌欢迎，但并不起身，也并不表现出格外的热情。

"妈，你胡说什么嘛？"阿沙丽朝她使了眼色，我们落座。"我妈妈早就想请你见面啦。"

那餐"饭"吃得挺愉快，虽然阿沙丽的妈妈像是不食人间烟火，说话不着边际，手脚毛毛躁躁，但她挺真诚，不管谈到什么，都是稀松平常的状态，对所有的事情都不会表现出特别的褒贬，唯独对阿沙丽。

"听说你要写阿沙丽？她能有什么好写的哟？"她吞云吐雾，不停往我的碗碟送菜（当地特色，一种叫作烤猪皮的食物，味道很棒）。

"跟你想的那些不一样。"阿沙丽急了。"是吧,舟蓠?"

"是,是,阿沙丽有一些正能量的故事写。"我咀嚼食物,轻声附和。

吃到一半阿沙丽的妈妈接了个电话,讲的方言我也听不懂,总之很雀跃,她眼里泛着光芒。

"小苏记者你们吃,我得走了,三缺一,今天要把本钱赢回来。"挂断电话,她一脸抱歉,匆匆忙忙起身。"顺便谈点生意,你结账。"她撒娇,再朝阿沙丽抛了个媚眼。阿沙丽则摇摇头。"我早跟你说过了,见识到了吧?这就是我妈。不过我妈妈人是很好的。"她对我说。

那顿饭,我执意付钱,阿沙丽不肯,说:"再这样扭扭捏捏,就不要做朋友了。"那天下午,她讲了他爸爸和第一个男朋友,抽了三包烟。

(三)

阿沙丽果然请假陪我去寨子里,淫雨霏霏,她不知从哪弄来一辆皮卡车。

"本来让我妈载我们去山里,我妈熟,但是她突然要打麻将。"她无奈地摇摇头。"所以,只能我开车载你去,我开车很好,你要信任我。"她拍拍自己的胸脯向我保证自己是个名副其实的女汉子,不仅乐于助人,而且车技娴熟。

"只能如此啦,我信你。"我带上车门,千叮万嘱安全第一。

因为有阿沙丽"翻译",我要找的人很快就打听到了,而且采访也非常顺利。回程时,村民赠送一些洋芋给我们,对我的来访和记录表示千恩万谢。我拒绝无效,阿沙丽吩咐大家把那些洋芋搬上皮卡车。"村里也只有这些能送了,你不收他们会很难过的。"

我从后视镜看见,村长带着村民目送我们走远。我赶紧摇开车窗喊:"都回去吧,等报道出来,就会有好心人捐助学校啦。"

雨很大，村长点头，几乎热泪盈眶。后视镜里，一个个身影渐渐变小，在后视镜里慢慢模糊……

"没想到我们这里这么穷吧？"见我心事重重，她停下车，她开得很认真，偶尔才停下抽支烟。我没有讲话，其实在想，回上海后，这篇稿子要怎么写。她以为我是不满于她抽烟，麻利地摇开车窗，"虽然和你同岁，但烟龄6年，戒不了啦。"她歉然。"没事。"我心不在此。

山里空气特别好，尤其雨后，心旷神怡。随着时间过去，先是阿沙丽向我打听上海，接下来她讲了更多的"故事"，她的故事太多了，多到超出我要写的内容……"好困。"我打起盹来，只是模糊听到阿沙丽喋喋不休地强调她的车技其实很糟糕，在一阵剧烈的震动下，我惊醒。

"陷沟里了。"像是早已预料好那样，她喊起来，又跳下车检查一番，再钻回车里。"舟剪，倒霉了，前不着村后不着店。不过别担心，好在我朋友多，我打电话让人来救援。"

"好。朋友多就是好。"夜幕已至，我开窗倚在门框，极目远眺，旷野一片漆黑，满目长风，各种不知名的虫鸟之声。阿沙丽双手叉腰，坐在车前盖上打电话，从她的指手画脚中，我猜测，可能求救不太顺利，很多朋友都没答应来。

我们沮丧地躺在车内，再次确认门窗关闭严实后准备睡下。"一到正经事情就联系不上，说什么交情好。回去就散伙。"她恼怒至极，扔给我一件外套，"他们平时不这样，你放心，这里还算安全。"仿佛是碍于面子，也仿佛是因为我惊恐的眼神，她解释道。然后调下座椅，五分钟之内呼呼大睡。

也许是在天亮时，他的"朋友"来了。万籁俱寂里，一辆山地越野车停靠在我们车前，这是个一米八有余的小伙子，肤色黝黑，双腿修长，脸颊消瘦，紧身黑背心上满是泥，年纪轻轻已有秃顶迹象。

"嘭嘭嘭"他不太客气地敲打车窗。

阿沙丽醒来，愤恨推开车门。

"昨晚喝醉了，没有听清你在讲什么。你没事跑到这个鬼地方做什么？"那粗犷的声音划破山间的寂静。他大概是打算将阿沙丽数落一番吧，如果没有见到后座早已醒来的我。"这是谁？"他语气转变。

"我朋友，舟翳，就是我跟你说的啦，记者。"阿沙丽扶我下车，相互介绍我们。"这是我男朋友，小鹏，未来歌星哦。"

"哦？"男友并不那么热情。

"昨晚又是喝得醉死啦？跟你说过多少次，不许喝酒啦。伤身体得很。"

他将一瓶牛奶递给她，她接住，又递给我。

"知道啦，你还不是要少喝。"小鹏几个简单的笑容和看似关心的呵责，阿沙丽的火气荡然无存。他们又嘻嘻哈哈相互调侃了一番，见我犹自静坐，阿沙丽极力将话题转向我和小鹏都能聊起来的地方，比如音乐，比如艺术，比如梦想，虽然阿沙丽说，梦想只给有才华的人。但是很遗憾，那个小鹏，我对他并无好感，才华也没看见，所以我们始终没有聊到一块去。

"流浪歌手，是个不容易的职业。"我带着轻蔑，却拼命伪装出友善的恻隐之情。

"那你说说哪个职业容易？"看来这个男友情商不高。

车程格外漫长，我如坐针毡。走的时候，小鹏从阿沙丽那借了1000块，作为潜心创作的伙食费。

此人必定是个罪魁。我想。

（四）

"他是一个特别有才华的人，有时候我真羡慕你们这样有才华的人。"

阿沙丽总把这句话挂在嘴边。她崇拜小鹏，几乎到了迷恋的程度。她甚至有一部分的钱要交给小鹏打理。听说，他们还准备去北京发展，等攒够了给她妈妈养老的钱就私奔。

小鹏是广西人，好吃懒做的典范。我压根没想到，阿沙丽口中描述的才华，就是小鹏那所谓的花式吉他弹法和几句不着四六的歌词。"他一定会成为歌星的。"阿沙丽坚信小鹏的才华，也坚信他会发光。"也许吧，过程很长。"何必拗撬？我完全没有必要戳穿这个美丽的梦境。

在云南，待了两个月。离别前，阿沙丽请了一天假，开车送我至昆明机场，小鹏则是找了个借口回避。

"到上海随时找我。"

"哈哈，到时候我有困难，你真的要为我两肋插刀吗？"长日的炎热下，她穿着清爽的吊带衫，高高扎起的马尾辫已被汗水浸湿。"你等等。"她飞也似的跑到机场商店为我买了两大瓶水，"飞机上喝。"她说。

"飞机上有水啦。"我拒绝了。"阿沙丽，少喝酒，别爱得太满。"我突然不安。

"哦，"她有点不好意思，"真希望以后能去上海找你，坐飞机去。"她挥手目送，满怀期待。

"一定。"我信誓旦旦。

飞机上，我做了一个长长的梦，梦见阿沙丽和小鹏到上海找我，梦见他们让我找工作，梦见我们真的成了好朋友，紧接着一堆的麻烦来了……我在一万英尺的高空醒来，吓得一身冷汗，庆幸是梦。

命运有时，真的如戏剧一般，令人啼笑皆非啊。

怕什么来什么，阿沙丽真的来上海了，就在我从云南回来没多久。据说，小鹏带着阿沙丽的钱，独自去了北京，之后音信全无。当然，她的故事，我一直还未动笔，后来觉得这类人物好像并没有什么可写性。

"嗨！我真的来了。简直不敢相信，幸好有你这个朋友。"她说她到了机场。

　　我找了个理由推辞去机场接她，她按着我给的地址找到了我单位。一改往日大大咧咧形象，穿着保守，文明礼貌，她说，这是她从电视剧里学会的。

　　很不巧，第二天我又被派往湖北采访，阿沙丽初来乍到，没说留多久，但我不能不尽地主之谊。出发前一晚，我给她订好酒店，匆匆吃了一餐饭。

　　"我不能陪你，你要是缺钱就告诉我。"这些敷衍，我不相信聪明至极的她，看不出来。

　　"你忙你的，我自己在上海转转。"她闲庭信步和我并排走在公寓外的树荫下。我不想让她住在我家，换言之，我回到上海便不再需要这个"朋友"。但想起她在云南对我的帮助，不免愧疚。

　　"我给你介绍另外一个导游吧？"我突然记起表哥，一个木讷严谨刻板的无爱情论者。

　　表哥小白刚留学回来，赋闲在家，索性让他带着阿沙丽转转。他一向和气，又碍于我的请求，勉为其难答应了。本以为她只是一腔热情，玩玩就回去了，而且表哥那种冰山一样的人，一周之内准要下逐客令。

　　一周左右，阿沙丽在电话中说表哥人很好，表哥也在信息中表示很少见到阿沙丽这种单纯率性女孩。

　　两周后，我回上海。阿沙丽已和小白打得火热，二人已经成了无话不谈的"哥们"，不仅如此，阿沙丽在小白的介绍下找到了一份餐厅服务员工作。这些事情，小白已在电话中对我报备。

　　小白顺利被一家外企聘用，常约我出来聊天，阿沙丽打工的餐馆包食宿，离小白那很近，调班休息的时候，我们常聚在一起喝喝茶，有时也去看电影，多数都是小白提议。久而久之阿沙丽直接勾肩搭背管小白叫哥。

阿沙丽来上海后变"聪明"了，不会见谁都巴拉巴拉说一堆。也变得懂事了。"香奈儿那款包真好看！"她有时会讲，"我想报个英语培训班"她有时也会说。

"你不要把我那些经历告诉小白哥。"她有一天突然对我说。

"好。"我答应。

但也常听说她又被骗了，有时做个推销，有时做个代购，别人能做得四平八稳的事情，到她手里都能变砸了，可她偏偏又不太愿意安分守己。

小白常调侃她："阿沙丽，你是易受骗型体质吧？"

（五）

元旦，阿沙丽请我和小白一起跨年，她支支吾吾半天，说想换份工作。

"我知道你们肯定会说我眼高手低，但是餐馆做一辈子还是服务员，我不想一辈子这样。"她将头埋得很低，但态度坚决。

小白悠悠说了句："有梦想是好事。那就再给你找找，找到了再换。"

阿沙丽忙说："找到了，就在对面商场卖衣服。"她学会了先斩后奏。

"那么快？"

我成了局外人，并插不上话。

回去的路上我警告小白，和阿沙丽保持距离，圈子不同不能相容。他不以为然："我觉得她是个挺简单的小女孩，浑身充满活力与能量，有什么不能相容？"

"冥顽不灵。"

"你不能因为自己采访过那些光怪陆离的情感怪事，就觉得你看透了所有人性。"小白呛得我哑口无言。我拽住他，厉声警告："那你就等着别人利用你。"

果然，阿沙丽去商场工作后薪水相当可观，她第一个月的工资给我和小白一人买了一件大衣，花了几千块。

"阿沙丽是个知恩图报的好女孩，也许真的是我想多了。"我说服自己面对现实。虽然我在很久后才知道，那两件衣服是小白掏钱买的。

阿沙丽的新工作需要会一点英文，小白主动给阿沙丽辅导。阿沙丽呢，会在雨天拐过几条拥挤的街给小白送伞，送汤。但凡我出差，她一有空就会陪小白去帮我父母做家务。为此他们常将我和阿沙丽作比较。甚至在电话里也夸："阿沙丽真是个聪明能干的好女孩。"

有个夜里阿沙丽突然问我："小白哥哥说我可以尝试去一些大公司上班，你觉得呢？"

我实言相告："不适合，上海大公司对员工有一些要求，包括学历和工作经验。"

她便不再多问了。

大概又过了几个月，小白瞒着我，给她找了一家英语培训机构。接下来几个月阿沙丽英文突飞猛进。但我和小白的关系越来越僵，好几次在餐馆聊到阿沙丽差点大打出手。我后悔将阿沙丽带进小白的生活，更觉得对不住姨妈。千丝万缕都已徒然，现在的小白会去夜市逛街砍价，半夜去地摊吃小龙虾，还会和小商贩们勾肩搭背喝得酩酊大醉，在我看来这就是劣质爱情滋生的毒瘤。

面对姨妈的盘问，我用了两个晚上的时间将事情的经过一五一十告诉她，包括阿沙丽的曾经。

（六）

阿沙丽的不告而别让小白心灰意冷。

姨妈果然是个雷厉风行的女人，我不知道她用什么办法让阿沙丽离开了上海。

"那姑娘要么就是傍大款去了，要么就是找到新的目标了。早发现早好。"我劝小白死心。

调整一段时间后，小白又安心投入工作中。丰富的生活内容好像依旧让他脸上黯淡无光。姨妈托人介绍的对象，总是被他以各种理由劝退。我见过太多那种萍水相逢的爱情，不过类似一场青春期的过敏，等到红斑退尽，皮肤依旧会光洁。

正在我们都抱怨阿沙丽是个白眼狼的时候，她又出现了。我和客户在上海一家娱乐场所撞见陪酒的阿沙丽，彼时她正为了桌上一沓钞票，被灌得昏死过去。

她下班后，我们牵手走了很长一段路，彼此穿着软底鞋，走起路来悄无声息，很久她才对我讲出另一件事情。

"我怀孕了，但是小鹏不见了。"她咬紧牙。"我决定了，孩子生下来，什么都不追究了。请你不要告诉小白，这是拜托你的最后一件事。我再也不会出现了。"

我无言以对，原本准备好的一肚子指责统统摁进喉咙。

小鹏来上海找阿沙丽的时候，大概已经山穷水尽了吧。然后几句甜言蜜语让阿沙丽与他和好如初，再后来他们花光了阿沙丽在上海赚的所有钱，据说小鹏是在签约经纪公司的那个晚上悄无声息离开的，以一个歌星的身份。

"所以，我还是有功劳的，他真的成了歌星。"她挖苦自己。

对于为什么突然离开小白，她没有多说。

我劝她把孩子打掉，她就像旧时新娘哭泣不止，记忆中，那是阿沙丽唯一一次掉眼泪。晚上我给她煮了粥，洗了被子，清理了小鹏留下的衣物……与她相拥而眠，像对待一个真正的亲人。我不能否认，有一些时刻，我的确视她为朋友，如果没有小白这层关系。

"阿沙丽，小鹏是个很烂的人，他的光芒都是你想象出来的。"我对生活没有什么真知灼见，也不敢直接告诉她如何做一个自尊自爱的女孩，但打心里希望她能明白，小鹏不值得爱。"不过不要担心，我会一直在你身后，就像你身后这束光。"我摸摸她的头，指着落地台灯微弱的灯光。

"你那天为我抱不平，我就知道我们会是永远的朋友。"她真是那种天大的事情，笑一笑就能过去的女孩，仿佛只要生活给她一点光，她便能拨开阴霾看见生活的希望。

"给点颜色就想开染坊啊。"我说。

这次真的是工作原因走不开，我并没有按照约定陪她去医院。

（七）

下班后我买了水果去出租屋里看阿沙丽，那是一个灯火通亮的房间。光从各个方向铺进来。

灯光照着空荡荡的房子，那只巨大的红色行李箱就像阿沙丽一样孤单而满腹心事。我很矛盾，想告诉小白，阿沙丽一直和我有联系，却不希望他们再有任何瓜葛。姨妈是个好面子的人，而这件事情多少因我而起，我不愿意让局面难堪。

"小白哥哥他还好吗？"她打破沉静。

我愕然呆住，一颗心重重提起。"他挺好的。"我淡淡地说，并极力扼杀她那些不恰当的幻想："有没有想过回云南去？"

"不想，这两年发生太多事情，我想换个环境，想趁着年轻赚点钱……"

我不知道她有没有听出我的言外之意，静坐片刻后说："那你想去哪？"

"我想先留在上海。"她说。

"也好。等小鹏红了，给你拨一笔钱。"

她不讲话，神情委顿。

我竟有些难过。不知道这种情愫从何而来。"留下就留下吧，不过是盲目趋光的人，她要离开，我不挽留，她要留下，本来就与我毫无干系。只要我不告诉小白，这个错误就永远能被制止。"我想。

她搬走前给我发了一条信息：代我向小白道歉，谢谢他说愿意跟我在一起，谢谢你们教会我很多道理。

我如释重负，并没有代她转告。小白已被公派奥地利，对于他，不打扰，才是最好的成全吧。

接下来我们仅是点赞之交，她的每一张照片都喜笑颜开，我想没有必要了解太多，起码她看起来已经过得很好。从社交圈动态看来，她在拼命学习，努力工作，也旁敲侧击向我打听小白的消息，我缄口不言，不希望他们再有任何交集。

谢天谢地，不再麻烦。

小白的妻子是根正苗红的好女孩，琴棋书画样样都好，门当户对、知书达理又漂亮，深得姨妈欢心，这场婚姻，对小白的事业也大有推动。阿沙丽是个错误，这才是积极的爱情，我想。

即便小白偶尔还会去吃路边摊，也会突然说出某句阿沙丽才会说的话。但姨妈不太计较，她的脸上又重新挂上笑。那时，我会偶尔想起阿沙丽，想起她夜半溜进别墅、踮起脚尖和小白接吻的样子。心中有些悲戚。

那晚，她更新了最后一条朋友圈：

人真是趋光而行的生物，只要有一束光照进怀里，再大的事都能一下子心安。这束光让我们栉风沐雨，如蛾扑火，伤痕累累，无怨无悔。

显然是她摘抄的段子，但话是心里话。

我评论：别爱得太满。

（八）

隔年，小白在瑞士遭遇意外，颅脑损伤，多处骨折，脸部血肉模糊，抢救后留住半条命。华裔妻子在处理完离婚手续后，消失得无影无踪。当我在机场见到半身瘫痪，面目全非的小白，呛出泪来。小白回国后和同学一起开了个婚庆策划工作室，几乎将所有的精力寄托于事业。不过，他也彻底忘记了阿沙丽。

姨妈整日以泪洗面，到处托人给小白介绍对象，甚至亲自上征婚节目为小白征婚，他的择媳标准已降到能照顾小白就行。但我们都明白，小白身边不会再有这个人。

去年国庆，我的手机突然有个陌生号码打进来。

"要不要来北海玩啊？"声音熟悉。

"你是谁？"我故作不知，其实心中感受复杂。

"你猜嘛！"是阿沙丽，除了她，谁还有这种劫后余生的旺盛。

"你是不是嫁给北海人字拖啦？"我故作调侃。

"没有啦，谁要娶我？我一个人带着孩子。"她很认真。那次她并没有去医院，她也骗了我。

"人字拖"是以前我们聊天时对沿海地区那些本地渔民的称呼，他们养妻活子、多数有着稳定的经济基础，在结束一天的辛劳后，穿着人字拖，在街边喝酒划拳，聊聊琐碎的生活……

阿沙丽在北海开了个水产店，生意做得小有起色。

"过几天去找你吧。"我直接免去那些客套的寒暄。

"新房子盖好你再来，不然没地方住。我妈妈也要过来。"她还是那样不按套路出牌。

"喂，小白哥哥还好吗？"她又问。

"不太好。"我眼鼻酸涩。

东野的蓝

厦门的海，时常很蓝，东野却说："我要是海，我就不蓝。"

（一）

东野刚来公司时，留着桀骜长碎发，红色风衣，不甘寂寞，先声夺人。他环视一周，并不知自己与这份雅致格格不入。

奇怪的出场方式令我纳罕。彼时由我带队的项目瘫痪不前，方案改到吐血。"甲方代表吗？"我问助理。

"嗨，哪里是，新来的，听说被扔到我们企划部。"助理埋汰。

"最近很难招人？"我打一个寒噤。

"小苏，新同事东野。"总监打断对话，将他领到我身边，"都在企划部，以后相互照应。"

"啊，肯定的。"我敷衍过去。

总监走后，我扔给东野一块抹布。"桌子有灰，麻烦你自己擦一擦。"

他接过桌布，认真擦拭，然后坐下，开机，往电脑主机箱插上自带耳机线。

"广告公司果真是个海纳百川的地方。"窃窃私语一浪高过一浪。

东野担任公司企划，与我平起平坐，但没有助理。

他抽烟、酗酒、酷爱写诗、喝冰镇可乐……这些消息是我从八卦助理处得来。而我对他的感觉是：有病。

我那个案子，老板已下最后通牒，助理建议求助东野："问问他，奇怪之人必有奇招，死马当活马医吧。"

那日午间，我让助理买些冰镇可乐，酒水及烟，悄悄塞进东野抽屉。

下午上班，他不讲话，拉开抽屉瞥一眼便关上。

"你把资料发给我。"聊天窗口飞来这排文字。

他白天负责自己手上的任务，晚上加班帮我改方案。

"早上好，给你带了早餐。"我将油条粢饭递给他。"怎么你昨天加班到很晚吗？"见他键盘落满烟灰，我问。

"还好，谢谢。"强颜欢笑，接过早餐，拉开抽屉，将一条香烟扔进去，褪下红色风衣。

"我已经帮你开机。"我讲。厦门的四月其实有点热，不懂他红色风衣用意何在，助理曾旁敲侧击打听他的性取向，没有问题。

"大概何时做完？"我问。"你知道我的意思，留个缓冲时间，万一方案通不过……我们好做别的打算。"

"不需要缓冲。"他面无表情，无视我很焦虑。

午间，正要催，他将一只卡哇伊风U盘递来："都在里面了。"

还未来得及致谢，人已飘进茶水间。方案全票通过，透过会议室的玻璃，朝东野看去，正从楼道抽烟回来，朝同事挤出笑容，仿佛一切与他无关。提案那天，方案换成我的名字，他对这件事情只字未提。

我如愿获得奖励。

傍晚故意在巴士站台晃悠，截下东野，极难为情地对他讲："谢谢啊，你很棒啊，自己手上一堆事情，还能帮我完成这个项目。"

"啊，别客气。"他也干脆客套。

为表谢意，我想请他吃饭："晚上有空吗？"

"啊？没空，我还有事。"心不在焉写在脸上。

他跳上17路巴士，戴耳机，甩甩头，懒得朝我挥手。

入职月余，东野抽屉那些烟酒未动，他依旧早上往抽屉扔进一包烟，傍晚取走一只空烟盒。

"干嘛不抽那些烟？"茶水间，我问。

"不习惯，但谢谢你。"他的思考被我打断，慌张收起手机，迅速往杯中添水后匆匆离开。手机屏幕上的女孩被我无意瞥见，看似眼熟，但不确定。

男性审美大同小异，我想。

（二）

五一节后。

在公司园区游泳馆窥见东野，彼时他紧拽某个女孩不肯放手，气氛僵持。

"过去就是过去了"。女孩十分冷淡。

这不就是东野手机壁纸，那个女生？我对漂亮的人，过目不忘，尤其是那一头长鬓潮湿的头发，像海草一般诱人。这才记起，女孩就职于本园区日漫公司。

"为了你，我才来这，你再给我一年时间好吗？"他沉痛地说。

"你太天真了。你松开，被人看到不好。"女孩依旧微愠。

我速速回避。

翌日，公司茶水间又沸腾了，各种关于东野的猜想不绝于耳。

男女之间缘分聚散，各有对错，旁人不会理解但又十分热衷分析。

东野迟到了，眼里泛着红血丝。天气渐暖，他终于将那件夸张的红色风衣，换成简约干脆的长衬。助理问东问西，端茶倒水献殷勤，他全不看在眼里。

周末，在公司园区外的饭馆偶遇东野。他遗失钱包，我帮忙付了饭钱。出于感谢，他主动与我聊了几句。才知东野从上海辞职过来，此前他在某剧组担任 MV 的免费男一号，来得匆忙，只带"戏服"，说是出发前在网上海量投简历，世事太巧，后来随机选择我们公司，是否随机，他心知肚明。

那几日，他总对着电脑屏幕发呆，设计部交代的几句文案，他都无法完成。

"东野你怎么回事？能干就干，干不了滚蛋。"总监甩下一句话，气冲冲的跑上楼。听说总监也失恋了，心仪的女孩莫名其妙成为自己的大嫂。

"交给我吧。"我拍拍东野的肩。

工作完成时，疲软的阳光洒进办公室。拉上窗帘，室内瞬间昏暗。

"还是留点缝隙吧？"东野终于肯讲话。

"好，一段感情的失去并不代表什么。"

"安慰别人你可走点心吧，真是火上浇油。"他苦笑。然后从抽屉里拿出那些烟酒摆在桌上。"一起喝点吧。"

"酒可以，烟不抽。想不到你这种杀马特，内心挺娟秀。"我撬开啤酒，"扑哧"一声，溅得他一脸。"对不起，把你溅得。"

"我是够贱的。"他一抹脸，一口吞进半罐。

"玻璃心，一个女人而已啊？"我顺手轻轻挥去一拳，他的泪就滑落，我手足无措，只能陪着他默默地喝。

没多久，他眼角只剩红肿。"你可别讲出去，其实我也不是那么爱她，只是觉得对不住人家，放不下。"

"好。"我不想知道他太多私事。

"她是我大学同学，现在应该是前女友。"他吐出长长一口气。

我维持沉默。

"你没谈过恋爱吧？"他反问。

"好好工作要紧，恋爱华而不实。"

他苦笑，捡起一地烟头与酒瓶放进垃圾袋，重新开机，打开音乐播放器，音乐响起：

> 我曾怀疑我　走在沙漠中
>
> 从不结果　无论种什么梦
>
> 才张开翅膀　风却变沉默
>
> 习惯伤痛能不能　算收获
>
> 庆幸的是我　一直没回头

他轻轻和着。

"昨天那个案子，你离线发我，我们再改改。"他掐灭烟头起身去开灯。

"你不隐身会死啊？"我在好友栏找到他灰暗的 QQ 头像，咒骂。

（三）

如果不是再次巴士站台偶遇，东野大概不会带我去喝酒，后面的故事自然不成立。我试图假设这个命题。

柯小北是东野在厦门唯一的朋友，他在城郊一座化工厂任技术员。

"那么远，跑来跑去不麻烦吗？"我问。

"我一个人待着更麻烦。"东野挤上巴士，掏出两元硬币扔进投币箱，一小时后车驶进城郊，拥挤的车厢里，他在前门向我招手示意下车。下车后需步行一段路程，尘土飞扬，空气中弥漫着青草与牛粪的味道，他轻车熟路拦下两辆摩的。

"一辆就够了，我们公司的薪水太低。"我讲。"来都来了，摩的师傅也不容易。"他坚决叫两辆车，自己则迅速跨上稍旧那辆。

"柯小北的女朋友刚在老家嫁庀（嫁人）了，你尽量不要提到前任，二手，有钱，这些敏感字眼。"他一再叮嘱。

"你自己一路都在讲。"我揶揄。摩的司机哼着闽南小曲，吐沫星子和着晚风印在我脸上。

"嘿嘿，习惯就好。"东野见我尴尬，狡黠地笑。

柯小北出现时，天已昏暗。城郊鲜有路灯，昏沉的月色下，我努力看清柯小北厚厚镜片下的眼睛，他讲话慢条斯理，也不如东野幽默。起初大概误会我是东野新交的女朋友，他喜形于色："今天换一家吧，我知道有个新店，菜做得特别特别特别好。"连用三个特别，他捋了捋三七分头发，努力找话题："就在前面，走几步就到。"

我只是笑，东野不言语，我们跟着他钻进一家川菜馆。

灯光下的柯小北摇身一变，人倒是高瘦白净，脚下那硫化鞋却脏得不见底色。"来，你点菜吧。"他拘谨，将菜单双手递给我。

"还是你们点吧。"我尴尬地将菜单推到东野面前。东野不说话，一口气点了十个人的菜。柯小北咂舌，瞪大眼睛望着我。

"我同事，苏舟蓊，今天她没搭上回家的车，带她一起来蹭个饭，以后还会不定期来。天涯沦落，守望相助。"他将菜单递给服务员，话却对着柯小北说。

"看什么？今天我请。"东野豪横。

160

"啊？我差点误会了。"得知我并非东野新女友，柯小北眼神黯淡，但看出我的尴尬，立马又挂上笑容，"好事，该庆祝，那我甘愿让出第二把交椅。"那时《新水浒传》播得火热。

交新朋友，是很愉快的事。

"老板，喜力。"见东野愉快，柯小北也瞬间活跃。

菜没吃几口，三人争先恐后喝酒，他们都来自闽北，逸兴昂扬讲着我听不懂的家乡话，继而眼神黯淡，声音低沉，我找个机会加入他们，也聊起来。

柯小北目前薪资颇丰，但环境恶劣，用东野的话讲，那是一个大灰狼磨成小绵羊的地方，一天 24 小时，一半时间在上班。

柯小北讲，他与东野的初恋都发生在 20 岁。东野和海妮分手后，才学会抽烟，喝酒。烟嘴可以代替海妮的嘴，东野讲，酒后的微醺能让他忘记失恋的痛苦。

"我什么都知道了。"我说。

柯小北点头："干杯好兄弟。"

三人举案大嚼，吃到杯盘狼藉。

"和她一起，我不能上网，不能游戏，也不能找兄弟喝酒，是个男人都受不了。错在我吗？"东野忽然抬头问我。

"不好意思啊，让你看笑话。"柯小北结完账后，对我道歉。

"都是朋友，不要介意。"我长长吁一口气。

"不要扶我，我根本没醉。"东野推开柯小北，自己在昏黄的灯下走得跌跌撞撞，一副看不清前方道路的样子。接着跪在路边吐得一塌糊涂，吐完又抱牢电线杆亲吻。

柯小北掴他一记耳光，我愣住。

"不就是女人没了吗？不就是没钱吗？我们从小学、中学、大学顶着枪林弹雨活到今天，你他妈为女人要死要活。"

东野一跺脚，想喊，尚未出声，就已晕厥。

（四）

我们成了朋友。

隔三岔五随东野去城郊。柯小北自从与我熟络后，每次出来，脸上乌漆墨黑，穿着也更随意。"都是自己人，舟蓊你别介意啊。"他喜欢在餐馆的洗手间挤一些洗手液，往脸上搽，用力搓出泡沫。

"时间紧急，快弄几个菜，吃完我要加班。"他从不用纸巾擦脸，说纸巾不卫生，容易堵塞毛孔。

我们有时去东野的宿舍喝酒，比如一个案子绞尽脑汁写不出来，比如东野在公司楼下见到海妮与任意男子走在一起。

东野居住环境，可用"恶劣"形容。僭建房屋，常有小偷光顾，丢双鞋子，一块手表也是平常之事，再后来东野就不戴手表，不穿三百元以上的鞋子。他常表示身外之物不值钱。

至于环境卫生，用东野的话讲，宁愿脏出个性，不愿净得雷同，打扫卫生这种鸡毛蒜皮的事，在他看来与自己气质格格不入。他常兀自背诵自作的"陋室铭"：

群宿，格分，无厕所。一床，一柜，十平居。斯是陋室，唯吾才馨。

"发财才是正道。"我纠正。

"好在你家徒四壁。"我冲过第四次澡出来后调侃东野，逼仄的环境里，频繁冲澡是缓解燥热的绝佳办法，谁叫我们没有空调。

7月燠热，一台小小的电风扇似在非在地运作着，三人就着路边小菜，一瓶一瓶地喝。今天是东野转正的日子，薪水翻倍，可喜可贺。他给海妮买了项链，剩下的钱买了二手电动车及空调，电动车与空调被归为三人共有财产，万一散伙，可变卖分钱。

隔壁几名毕业生，陆续找到工作搬出去。我们的薪水没有再涨，30天赚的钱经常用2天花得精光，交完房租水电，再置办两套衣服，出去一顿就赤贫。我们有时趴在窗台望着对面红灯区，衬底的烟雾中，总露出几张女人的脸，披发蓬松。有时去隔壁拉几人凑一桌诈金花，玩累了，席地而睡。黑眼圈越来越重，体重越来越轻，头发大把脱落。

"这吞进肺里的烟雾如一杯杯劣质的烧酒让我眩晕。"每次有人从这栋楼搬出去时，东野总会眼神迷离趴在窗台。有时还会写几句悼念青春的打油诗，发在各种社交平台。

"有没有考虑想点办法？"我问东野。

"哪有办法，人家已经决定不要我了。"他重重吐出一口烟。

"谁跟你讲海妮，我指创业，一起做点事业。"

"事业？卖房子吗？还是卖奶茶？"

"算了，你活该被抛弃。"我已不再避讳。

话题总是这样一次次被他终结。

东野看似工作认真，却更像一只鸵鸟，遇到困难将头埋进沙土之中。

某天，海妮主动约见东野。

日正当空，东野十分激动，满脸是那种怎么抑制都掩藏不住的高兴，收拾打扮一番几乎跳着下楼梯。我也高兴，以为他的女友兜兜转转发现"世间终究你好"。

我趴在窗口向楼下望去，海妮面无表情，将那个精美礼盒与一束鲜花强行塞向东野手中，然后转身就走。东野喊不住她，一甩手将盒子掷得老远，目送海妮离去后，他又沮丧地捡起那只礼盒放进口袋，有气无力地朝公司走来。

人类有个怪毛病，谁对他冷淡，他越觉得对方矜贵。

我迅速转回自己座位，佯装专心写策划。

晚上柯小北从城郊赶来。"又出什么幺蛾子了？"他放下背包问我。

我不作声，抬起下巴指向东野，柯小北掬水洗过脸对我讲："我带了酒来。"

十分钟不到，菜已送上楼，东野早有准备。

"你说我们仨是不是好哥们？"他诡异地问。

"不是。"我与柯小北齐声。

"讲话昧良心。"他似乎有些得意。

"我们有病。"柯小北说。我也说，是，有病。

"阿哈，实不相瞒……我想你们配合我演一出戏，我就不信拿不住她。"东野突然从某种情绪过渡到另一种情绪。

他的计划是：由我伪装成现任女。

我讶异，但显然找不出理由拒绝，因为两票赞成。

于是，应邀参演。

天气特别诡异，忽晴忽雨，最后一辆巴士到站时，海妮与一名男士有说有笑，径直朝附近小区走去。东野攥紧拳头，细小的手臂青筋暴露，一把甩开我，健步追上。

"海妮，你等等，我给你介绍下，这是我的新女友。"东野喊住他们，这才转身拽过在他几米开外的我。

"哦，挺好呀。恭喜。"海妮转过头，不愠不火，瞥我一眼，转身要走。海妮的态度致使东野像被人抢了玩具的孩子，他一拳挥向一旁男士，虽对方毫无戒备，但凭东野瘦小身子是没办法拿他怎样的，他稍稍还击，东野吃过拳头倒地。

我与柯小北杵在原地。

"怎么办？"我轻声问。

"你先回去。"柯小北挡上前。

"海妮，你回来好吗？"东野站起身来拽着海妮，已顾不上嘴角流血。

我将脸埋在手心，东野不争气的样子令我无地自容。

那天晚上我没有接到东野与柯小北的电话，据说他们打了一架。

躺在床上，没完没了的方案在我脑中打转，还有东野低声下气哀求海妮的样子，感觉胃里翻腾，搅得一夜无眠。

去楼下吃过烧仙草与麻糍，既苦又甜，但胃里落得踏实。

周末的公司一片死寂，我与东野不约而同加班。

"不要将我卷进你的鸡飞狗跳中。"我终于为东野的天真感到懊恼，决定再不掺和他的情感事件。

"我们不是好兄弟吗？"他反倒十分生气。

此后几天，东野的情绪经历回光返照后，彻底萎谢。看电视剧成了消磨时间的常态。也许沮丧令人脆弱，东野经常会被泡沫剧中一些细枝末节刺激，容易情绪失控。他住的那栋房子，每天有人搬进搬出，从东野写诗悼念青春的频率看来，他已对目前生活麻木。不知从何时，他每日下班，会用两块钱买一注彩票，压在枕下才安心睡去。思考人生，也是东野打发时间的办法，他说从下班到深夜，那几个小时漫长得怕人。

"如果你是海妮的话，我一旦哪天成功，你还是会回头吧？"

"也许吧，谁都喜欢成功的人。"我说。

"海妮说，她渴望归宿，而我不是那个人。你分析下这话有没有玄机。"

"那就先成功再成人。主要是黑眼圈先处理。"

"我不知道成功有什么好。我不愿意变成自己讨厌的那种成功人士。"

（五）

那年冬天来得非常快，室友去外地创业，我无力承担略高的房租，准备搬出来，找了几天没有合适房源。

"先搬到我那住几天吧，如果你不嫌弃。"东野不停往嘴里送大块三层肉。那天他刚发薪水，西红柿炒蛋很大盘，香菇里面多放几片肉，不知为何桌上还有海蛎。

"胡吃海喝不发胖，是上天赐给的福气。"我羡慕。

"我爸妈离婚了。"他笑笑，"我刚听说。"

一人悲伤过度会有奇异反应。东野平时不吃海蛎。

"你那一间房怎么住？"

"我可以打地铺，找到房子你再走。"

"还是不用麻烦吧。"

"就是嫌我条件差呗。"

"好吧，至少晚上还能聊聊方案。"推脱一番，答应了。

孤单的时段被黑夜渐渐拉长，天气越来越冷，入眠时我习惯蜷起身裹紧被子。那天下班路过夜市，我和东野讨价还价买了一床羽绒被。说是羽绒，败絮其中。

"地上湿气重，你垫厚点。"我说。他抱走被褥："要是海妮对我能像你们这样多好。"

我瞪一眼，他乖乖闭嘴。

睡觉前东野会把窗帘拉开一个小缝。他说："每天早上睁眼看见明亮，让我充满了力量，就是有一种挺舒服的感觉。"

"赶紧挣钱买海景房。"

"肯定要买的。"

那夜满天星斗，东野仰头看了很久。

这一年我对17路巴士到了忍无可忍的地步，无论是我们早晨赖床去上班，还是傍晚饥肠辘辘等吃饭，一律误点。这时东野总会开玩笑，"以后有钱，买辆公共汽车，有人要上车，你就站在门口说，对不起，这是私家车。"

"钞票是无辜的，给钱就行。"我怼他。

"原本打算带海妮回去见父母，现在看，不用回去了，留下来顺便奋斗下。"他将新购的单人床摆在离我尽可能远点的地方。"放心吧，我们对彼此都没有非分之想，你省点房租买衣服。你弟弟不是还没毕业吗？"

"东野兄此言也不是不无道理。"

"哈哈哈。"

房间好似廉价旅馆，五十厘米见证君子之交。

某日打扫卫生，我在他柜子顶端摸出一张请柬，还有一只新款苹果手机。

"怎么回事？"我问。

"嘿嘿，准备在她婚礼上送，让她后悔。"心神荡漾让人感喟。

手机并未送出，婚礼在巴厘岛举行，东野的护照不翼而飞。本来设计好的一些狗血情节没用上，还有东野原价买的西服也已束之高阁。下班后柯小北又不辞劳苦从城郊赶来。那天谁也不提喝酒，谁也不提往事。东野在阳台洗衣服，屋内单曲循环《海阔天空》：

> 习惯伤痛能不能算收获
>
> 庆幸的是我　一直没回头
>
> 终于发现　真的是有绿洲

不愉快这东西就像一颗定时炸弹，稍微有点火星就会炸。我与柯小北盯着不断加载的电脑显示屏，听到"结婚"就换台，换到第五次，东野飞来鞋刷砸向屏幕。

到底是受过伤的东西，再修也不能恢复本相。那台已伴随东野多年的 256G 内存电脑，一修再修，彻底瘫痪。据说那是海妮做了半年兼职攒来的礼物。我们开始写手稿，再用手机传到博客与空间。东野笔名"单身公害"，读者多为在校学生及涉世不深的女孩。他习惯在深夜扮演沧桑大叔的角色，为女孩们答疑解惑，对方一约见面，他便拉黑。

东野离职一周才被人发现。

柯小北也辞职了，他说再干几年估计要洗肺。

"据我观察，只有销售才能看到钱。"东野讲，并且劝说柯小北转行做销售。

"打死我也不做销售。"柯小北死活不同意。

春节前，他俩同时找到新工作的那天，我刚好找到新住处。

搬家那天柯小北不知从哪弄来一箱茅台，半瓶喝完，一致确认是真货，于是路边廉价卖了。

"我预感黎明将至。"分钱那天，东野的脸上露出少有的笑容。

"是，为你们即将成为金牌销售而骄傲。"

"说好不提这个。"柯小北讲不出突然改变主意做销售的理由。

我和柯小北回老家过年，东野一人留在十平方米的出租屋。除夕夜，他发来一条信息："新年快乐啊，让我们在拼搏进取中走向光辉灿烂的明天。"

我回：愿新的一年我们都勇敢一点。

他回：群发。

柯小北大年初一就赶来厦门陪东野。鸡鸭鱼肉全带来。

"果然伉俪情深。"我叹了口气。

春天一到，东野乐观不少。元宵节那天，他特意去离家很远的商场买过菜，并在几天前借好邻居的厨房，还在短时间内邀一堆人来吃饭喝酒。

东野早就不再独自喝酒，有时是客户，有时是网约女孩。与客户聊规划，与女孩聊人生。东野的薪水已够赞助我们时常出入高档会所，彩票买得更加频繁，有时做出一些荒唐举动，比如突然掏出一张百元大钞施舍路边乞丐，又比如突然搭着飞机就去西塘。柯小北卸载了所有游戏，也不再经常找人诈金花，扑克牌被我们扔进垃圾桶，赚钱成为我们集体目标。

"销售工作最能锻炼人。"我感喟。

对于未来，谈论渐少，倒是房租水电，常在一起写写算算。娱乐活动由在房间喝酒，改为海边聚众喝酒。

厦门的海，时常很蓝，东野却说："我要是海，我就不蓝。"

柯小北说："所以海不是你。"

（六）

小麦在东野不想蓝的时候出现。

17 路巴士，一个急刹车将小麦推进柯小北的怀里。秀发如云，乳白色连衣裙，胳臂是胳臂腰是腰，她转过脸来，看似还是学生，晶莹的皮肤在阳光下，像是半透明状。一阵甜香令柯小北晕眩。

"小姐贵姓？"柯小北在下车时打听。

"小麦。"只听她说。

柯小北的灵魂迟迟不肯归位，女孩却要了东野的号码。

"世间所有圈套都一样。"这是后来东野讲的。

"号码留谁的都行，我们天天都在一起。"

几人交换号码。

"我的车子来了。"

奔驰停下，柯小北帮她拉开车门："有时间约啊。"

"肯定要约。"她微微笑。

车子绝尘而去，留柯小北惆怅站在路边。

"喜不喜欢？不喜欢让给我？"柯小北憋到家里才问出口。

"公平竞争，青春寂寞，互通有无。"东野笑嘻嘻。他从来是正常男人。

两周后的某一日，熏风爽朗钻进屋内，一并把小麦的笑声也送进来。她提着大袋水果与零食登门拜访。她粘着假睫毛，一闪一闪，像飞蛾翅膀。

柯小北自她手中接过袋子："来就来，买东西干嘛？"

"上次听你们说喜欢吃榴梿。"

"我不吃榴梿，东野爱吃。"

小麦又笑笑："那鳄梨呢？"她变魔术般自袋中掏出几只鳄梨。

"真是爱你。"

不多会，屋内陈设一新，窗明几净，臭鞋破袜已被扫荡一空。窗台添了几盆绿植。

"蕙质兰心。"我由衷赞叹。

"祖上积德。"柯小北嘲讽东野。

"你们用热水壶烧水喝，用红桶泡脚，蓝盆洗脸，紫色这个小盆洗水果用？被子没有地方晒吗？"小麦满头大汗忙里忙外。

"小麦，休息一下吧。"这个季节，我们吃她带来的进口葡萄，享受生活甜蜜的微醺。

"你和东野怎么回事？"我偷偷问柯小北。

"他说公平竞争，但现在不见人影。"柯小北了解东野。

送小麦下楼时，东野正在楼下凉亭打游戏。

"你来啦？我刚没看手机。"东野仰头看着小麦。

"我也没给你发信息。"

东野为自己开脱："我的诗，有两句绞尽脑汁也想不出来，灵感就快来了。就是那种疏离感，疏离感。"

柯小北既看不上东野写打油诗的雕虫小技，又苦于自己不会写诗。

小麦叹口气："那你好好创作吧。"

"下次约啊。"东野吊儿郎当。

"只能这样。"小麦不愠不火。

下次再约，已到夏天。我们四人相约去海边露营。

酒过三巡，东野穿着粉色短裤，朝大海狂奔，他狂喊："前面有片海，可我不想蓝。"引得柯小北拳打脚踢。

日落时，小麦提议"我们四人合张影吧？"镜头前，东野十分高冷。

为教小麦游泳，柯小北被暗礁割伤脚趾，挂半个月拐杖，小麦每天煲好各种汤派人送来，雨露均沾的还有我和东野。

柯小北痊愈，三人胖了五斤。

东野因窃取客户资料被开除。旧雨新知，都不再找他喝酒。东野沮丧，小麦心疼，每日早上捧来爱心早餐。不久后，东野去小麦朋友的公司做地产销售。

柯小北事业顺风顺水，感情一言难尽，放弃竞争是撞见东野在楼下小卖部吻小麦那一刻。有了小麦，东野衣食无忧，但我们的充实与东野的空虚形成巨大落差，当我意识这点，赶紧又点了一些烧烤。

湖人被 0∶4 横扫，东野情绪彻底失控。"我就知道生活将是彻底的灰暗。"他扔下遥控钻进被窝。

"不是你不想蓝吗？"柯小北火上浇油。

"你们能不管我吗？"

"作死吧。"

一觉醒来，东野作出重要的决定：重新找房子。

"好的住宿环境让人积极向上，不能再自甘堕落。"东野说。

"虽然现在没钱，但你说的并非全无道理。"柯小北说。

"搬吧。"我挂断电话。

（七）

五一节，柯小北被召回去相亲。

我去丽江旅行。

你们走吧，我想静静，东野说。

一个星期后，局势大变。

"我把小麦睡了。"电话中，东野嗫嚅，极为沮丧。

东野是小麦第一个男朋友。我们颇为诧异。

柯小北回来后搬出那套一室一卫的公寓。关系确立，小麦慷慨解囊拿出十万元，辞去工作与东野一起，在厦大附近加盟奶茶店。

东野装模作样打过欠条，画了押。

开张那天，门口泊着一辆新车。

小麦送给东野一辆二手车，披红挂彩。

"送给你。"小麦将钥匙交给东野。

"我不要车，你给我买台电脑。"

"小事情呀。"小麦笑笑。

此后三人变四人，聊来聊去都是店里那些事。小麦不劝东野戒酒，"难得他喜欢。"她常说。

偶尔带提案让东野提意见，但他心思已不在此。

"他最近在研究股票。"小麦系着围裙忙忙碌碌，头发有些凌乱，一脸疲惫与甘愿。

柯小北第四次相亲失败。理由竟是对方认为戴眼镜的男人都好色。

"你应当侥幸，若这女人成为你太太，那才是终生悲剧的开始。"

"下次相亲不戴眼镜。"柯小北自我解嘲。

东野每日睡到下午去店里，晚上发誓要奋斗，早上装病不上班。

"珍惜眼前事。"我劝东野。

柯小北常说东野无情，必遭报应。

我们偶尔聚在公寓看球。上个月，小麦的爸爸付过首款将公寓买下，房产证上只写小麦大名。

室内乳白墙壁，毫无装饰，小麦建议添些家具，东野却主张家徒四壁，随意搬来一组沙发及床品，也不打算再装修。

有人嘲讽东野吃软饭，起初辩解，久而久之默认。小区楼下的大妈终于换掉"问世间情为何物—物降一物"的舞曲。

东野牵着小麦感叹："大妈，驾驭乐种能力太强。电子、流行、民谣、爵士、蓝调，统统能跳出同样步伐。再这样下去，第三钢琴协奏曲搭配大妈舞步，跃然广场，也不是没有可能。"

小麦扎进他怀里咯咯地笑。

光阴似箭，尤其安逸时光。

小麦生日，据说有大事宣布。

推开门，饭菜丰盛。真要很爱一个人，才会甘愿天天为他做菜煮饭。如我妈对我，小麦对东野。

她双手合十做祈祷状，然后盯牢东野，一字一句："我怀孕了。"字正腔圆，掷地有声。

东野此时吝啬，显得十分平静，"哦"他只吐出一个字。

我与柯小北正要举杯庆祝，东野放下筷子："你是不是又没吃药？"

"我不想每次吃药。"

"你想让我娶你，不一定要用这种方式。"

空气凝固。

"我没有这个意思。"小麦鹿一般圆大悲哀的眼睛充满彷徨，眼泪滚下的时候，她以一个失败者的姿态默默离开，背影移到厨房。

我与柯小北不知所措。

吸烟时间到了，东野点燃香烟。

"先吃饭。"我去厨房将小麦拉回。

东野察觉自己过分，便过去搂着小麦："我只是觉得暂时还不适合要孩子，一来财政上我还没有准备，不好让你和孩子受委屈，二来你还年轻，结婚是侮辱你。"他用袖口擦拭小麦的眼泪。"再说我还能逃出你的手掌心吗？"他又补充，小麦破涕为笑。

"来来来，先吃饭。"东野殷勤起来。

电视声音被调至最高，科比退场的背影难掩失落。

"期待明年再夺冠。"柯小北举杯。

小麦低着头，努力控制也无法阻止眼眶的红慢慢晕开，那顿饭，我们味同爵蜡，倒掉整盘的北极贝，象拔蚌，青虾和香菇肉片。

东野与柯小北这个赛季对 NBA 的关注到此结束。

"真爱是一种偏执。"东野说。

小麦悄悄搬回家去，东野站在屋内，显得房间更大，更空。

小麦一走，东野才发现，自己对她一无所知，可是，他有坚定信念，她的确爱他，她一定会回来。

奶茶店关门大吉。东野莫名其妙被人围堵痛打一顿。他自己去医院缝合伤口买过药，谁也没有去猜谁干的。

"报警吧？"我问？

"不要，这是报应。"

伤口愈合后，东野重新去某个广告公司做企划，他变得勤奋。以加班消磨时间，有时故意花半小时去远一些的地方吃饭，再花半小时走回来，这样确保一个小时能用完。

东野突然学会包容，也不再发脾气，只是偶尔抱怨手机信号太差。

当然，东野又开始酗酒。

（八）

"搬来和我一起住吧？"东野在楼下对柯小北说。

"不想和你混在一起。"

一周内柯小北搬进我们原本租住的地方。这次，他们换了一间开阔的房间，并在网上购置一套沙发，专供贵客，也就是我。

抬沙发时，柯小北突然蹲在楼梯口。悠悠吐出一句："突然发现我们好可怜，这个城市我们再也没有其他朋友吧？"

"朋友多也未必会帮你搬家。"我说。

"要是小麦在就好了，直接花钱请人抬上去。"

我白他一眼。

柯小北意识自己讲错话，急忙转移话题："这沙发颜色选得真好，今晚你得睡它一睡。"

我点头，当晚做了沙发客。

东野梦里还在为"湖人季后赛"首轮被横扫而痛心。醒来他说，房间大了，心也宽了。

空虚是狂欢后的产物，道理一点不假。30 天的薪水，在一天花去一半，网购、喝酒、唱 K，诈金花。

这半年，在情感方面，出于各种目的，东野结交不少女孩，大多吃过一餐饭再无下文，他有时也会给柯小北介绍，但被拒绝的理由千奇百怪。

每次临走，我会嘱咐他们晒被晒鞋，洗内裤，吃水果，喝烧开的水，尽量在阳光下想想某些温暖的事，某些温暖过生活的女孩。

他们答应。

酷暑六月，东野高烧不退。原因不明，我与柯小北手忙脚乱。东野父母各自组建家庭，两家电话都打不通。

"今天就不走了吧？"柯小北乞求。

"看情况。"我掬一把水洗脸，胶喉味重。

打针吃药不见好转，东野开始构思遗书。

"告诉小麦我对不起她。若有来生，我还坐 17 路公交。"

"你这种人，没有来生的。"

他满怀苦楚心事地问："我不会就这么死了吧？"

"应该不会吧，行为不当，罪不至死啊。"柯小北递上一瓶水。

东野咕噜噜喝下半瓶："我没有医保社保，死不划算。"

"多喝开水吧。"

"对，睡一觉就好了。"

"好。"

半夜转醒，东野奇迹般地好了。"蚊子太多啦"他抱怨，然后慢悠悠地爬起来，"啪！"手掌一片蚊子血。

"我靠，我以为诈尸。"柯小北说。

凌晨两点，两个赤裸上身的男孩在一间小屋子里手舞足蹈，异味弥漫，我心中泛起某种酸楚的疼痛。

"我还是回去睡吧。"见东野好转我急着要走。

突然悲恸，生活的挫折，感情的不如意，工作受过的委屈，在此刻全部袭来。这座城市里，我们就像风中芦苇，没有目的，没有依靠，没有存款，甚至没有社保，累了喝酒，痛了喝酒，烦了喝酒，逃避现实也喝酒，除了喝酒，还是喝酒。

东野他妈到底来了。

留了一张卡，密码是东野生日，临走嘱咐在厦门买套 100 平的首付。

交清房租，东野将卡附上密码寄给小麦，两百元邮费寄出的还有小麦的照片、内衣内裤。

我也梦见小麦了，莫名想起那张活泼的脸。那样动人，那样纯真，那样充满希望。本打算将这场梦告诉东野，并劝他去和小麦谈一谈，以免造成类似海妮事件的遗憾。

清早，在小区楼下的早点摊等他们。

当东野正犹豫清汤面是否加个煎蛋时，他的女神出现了，是海妮。

东野像被天雷劈中，动弹不得。

"五月天的演唱会，一起去吗？"久违的声音。

"现在吗？"他竟这样没有骨气。

"周六，嘉庚体育馆。"

"好。我一定去。"他望着她的背影，毫无避忌。昨晚东野诈金花又输了三千多，可接下来的这几天，直到周六，我从没见他这样开心过。"心心相惜，情不自禁"他说，仿佛真的是死去又活了。

演唱会回来，东野衷心觉得他的噩运已经过去。我们也相信东野的海真的要蓝了。

"真是造孽啊。"柯小北喝着小麦留下的奶粉说。

一周后，海妮再次消失，联系方式全部拉黑。东野的心再一次从云端跌入低谷。问他缄口不提。

当小麦将那张银行卡寄回时，东野又辞职了，他情绪稳定，决定在家里安心写诗。

"写一本诗集是我永世之志。"他说。

柯小北摇头："还在臆想的世界里做着男主角。"

一个月后，柯小北问他诗集是否出版，他说在商洽，两个月后，我问他是否出版，他说还在商洽，三个月后，我们问他是否出版，他说商洽失败。

"等中国男足夺冠，你可能还在商洽。"柯小北笑他，语气有些悲伤。

（九）

柯小北突然要结婚了。

老家相亲认识的，说是看对眼，再回厦门就卷着铺盖回家了。

那天我和东野才喝两瓶就醉了，柯小北不能喝，因为他要驾车100公里赶回去。

"晚上回去，家里催得紧。"柯小北掏钱包。

"我来吧，我们为你饯行。"我拦下他。

"让他来。"东野面色土灰。

三人挤在酒馆，雨气加人气，蒸腾着一股抑郁之感。

柯小北结完饭钱，匆匆带上车门。车灯亮起，照着东野，令他无所遁形。

临走时柯小北摇下车窗对我说："好好照顾他。"

东野没有说再见，背过脸，我见他眼眶通红。

"他才是掂掂呷三碗公的人（安安静静吃两碗饭，形容人不可貌相）。"

柯小北一走，我们渐渐远离了那些浑浑噩噩的夜晚，时间的悄然流逝，也让我对职业有了新的规划。

"我想去北方看看。"我对东野说。

东渡路的凤凰花又开了一季，才发现我们已经认识这么久。

"你呢？有什么打算？"我问。

"我说大妈，你们能不能换首曲子？你们不烦我都烦了。"他怒气冲冲跑去钮掉大妈的广场舞曲播放机。一群大妈目瞪口呆。

"有什么打算？"我再问。

"没有打算。继续写诗。"

"好吧，前面的海，你自己蓝吧。"我也学他。

"给我一根烟。"他说。我们在散步时，他通常会将烟放在我包里，他说这样会多少控制抽烟的数量。

"其实只有你才看清我的卑微。"他很明显地失落。

"你不卑微，只是你早就应该努力做点正经事。"不喜欢这种感受，但又说不上为什么。

"我在酒醉金迷的夜里，挥金如土，却在第二天醒来，为清汤面是否要加个煎蛋而犹豫不决。爹妈不要，朋友不要，我挺可悲的。"

他似恍然看开，又似心灰意冷。

"我买了下周三的车票。"我起身离开，不再回头。

"周三我去送你。"

周末东野约我见面："那两条金鱼死了，你来看看。"他在电话里说。

"怎么死的？"

"我给他们吃了太多。"

金鱼由我们在夜市买来，一只叫小金，一只叫小红。锈迹斑斑的铁笼挂在阳台生了灰，曾经用来装小宝，小宝是一只仓鼠，柯小北的聚财宠物。阳台一盆蔷薇花，兀自开放，香气扑鼻，叫人心酸。以前，东野常说不喜欢那个味道，香味像极心上人离去。

傍晚，东野给我煮了清汤面。

"也许，这是最后一次给你煮面了。"他说。

"嗯。给我加个煎蛋吧。"

"不行，吃了鸡蛋就是滚蛋。"

"应景啊。"我拿起筷子。

"就剩你了，不走好吗？"他眼中闪过一丝凄惶。

"不好。不想和你耗在一起，很浪费生命。"

东野受到震荡一般，一时间讲不出话。索性发疯，将我摁进沙发里。

"我不是救世主，也不是出气筒。你这个人，心中没有好坏界限，十分可憎。"挣扎中，我讲。他松手。"你醒醒吧，别活在自欺欺人里。"我又说。

终于他脸色渐渐阴沉，缓缓松手，身子瘫软下来，摔门而去。

走的那天，东野在车站和人吵架。原因是，车站不再售卖月台票。

车上收到他的讯息：我最近才知道蝴蝶原来是色盲，其实我也是色盲。你不知道吧？

"不知道。"我回。

（十）

去年春节收到一份新年礼物，诗集《东野的蓝》，图书封面是一片纯净蔚蓝的海。

卷首写：海阔天空，在勇敢以后。

花房姑娘

因为她懂事，所以总是受委屈。

（一）

六年前，我念大一。故事蓝本已泛黄，可那段无所事事的记忆却铭肌镂骨。

大一新生入学军训结束，我基本已属校园打酱油角色，按时旷课，准时早退，从不参加班级活动；图书馆只在老师强调要借资料时才去；月初从家里拿的生活费，总在月中挥霍精光；唯一热血沸腾的时刻，是在每晚穿过夜市去"腾飞"网吧的路上。老板娘满面油光、丰乳肥臀，她总给我留着网吧最好的位置，却在自己念高中的儿子上网时，对其拳打脚踢。

"每个年龄段的青春是不一样的。"打完以后她总端着一碗排骨酸辣粉，对网吧客说。

在网吧消磨时间，无非是看文章，听歌，找新闻，和网友聊得天昏地暗……直到看着充值卡余额，我的心却更加空虚，电脑屏幕不再闪亮，整个人仿佛溺水一般。

燠热而无聊的季节，我认识何藜。

何藜在我们校外夜市开了家叫作"花房姑娘"的花店。

我常碰见青年男士从飞驰而过的车里探出头："花房姑娘，生日花束一捧，晚上八点来拿。"或是电动车飞驰而过，风中留下一句："何老板，求婚玫瑰99枝，要大气。"

总不等她抬头，说话的人早已消失在街道尽头。

她瘦小，冷淡，没有过分热络的时候。

我曾纳罕：这种人的生意凭什么做得风生水起？况且她太没品位了，整个夏天好像只有一蓝一白两件严肃的连衣裙换洗。关键是，我去"腾飞"网吧经过她那无数次，她竟从未表现出愿意和我搭讪的举动，太没意思了。简直愧对"花房姑娘"的雅号。

某个夜晚，我气急败坏地冲进灯火通明的小花店。

"老板，把你们店里最好的铜钱草都拿出来。"

何藜正在清理卫生，慢吞吞地抬眸："没有铜钱草了，只有吊兰、绿萝、金鱼草……"

"那请你给我想办法弄点来，这件事情对我很重要。"我从包里掏出50元，几乎是我这个月最后一笔伙食费。"我可以多付你钱。"

"同学，但我变不出来。你去别的地方看看吧。"她语气冷淡，但并不大声，然后不再理会我，自顾自地扫地。

我跑出花店，街头巷尾再晃荡一遍，没有找到铜钱草，垂头丧气再次经过花店。

她突然破天荒喊住我："喂，很急的话，我去同行店里给你拿一盆。"这是她主动与我说的第一句话。

"室友的铜钱草被我从六楼不小心摔下，金鱼也死了，我和室友的关系不太好……"

"我刚打不通同行电话，你帮我看着店，我去看看有没有货。"说完，她跨上电动车消失在夜色里。

我四下打量，逼仄狭小的空间，因着橘色灯光而显得温厚舒适，营业执照上赫然写着经营者：何藜。我打开手机查了这个字的正确读音。

"一屋子花花草草，玫瑰、百合、桔梗，叫什么不好？非得取个野草的名字。"我想。

一起风，呼吸之间都是芳香味道，棉麻帘布后的活动梯通往小阁楼。办公桌上有序摆放几本园艺、花艺类书籍。

一张纸上工工整整写了几个字：地狱之外，也并非处处天堂，人的恶意无处不在。

我诧异，难道还是个愤青？愤青太大意！抽屉没锁，钱币杂乱堆着。一元，两元，五元，十元，五十，一百……我四下打量，鬼使神差，快速抽了两张百元钞。不能怪我，这是天意。下个月生活费一到，我马上放进来，这也是天意。

夜色一深到底，无星无月。我坐立不安，半个小时后她回来了，撩了撩被风吹乱的头发。

"你很幸运，朋友店里也只剩下一盆了。"她看起来比我更高兴。

"谢谢你何藜。"我塞给她 50 块钱，逃也似的，漫无目的奔跑在无尽的漆黑中。

（二）

后来，途经花店几乎都是飞奔而过。不敢去看何藜，不敢让她看见我。刻意介绍同学去她那买花，但二百块钱再也找不到机会放回去。

"咦，同学。"有一天傍晚，何藜在我们学校旁边的购物广场叫住我。

"嘿，那么巧，买东西？"我将目光移至她手中那一筐七零八碎的促销品上。

"来讨最低折扣。"她羞怯。"上次的钱还没找给你呢？"说着利索从包里掏出准备好的30元钱。

我心虚，更没有继续和她聊下去的欲望。

"算了，算了啦。"我摆摆手溜之大吉。

大概一周后吧，和几个外校朋友从网吧游戏出来，路过一列小吃摊，烹炸煎煮，边吃边聊到半夜。酒过三巡经过漆黑的巷口时，见一位人高马大的男士拽着瘦小的女生不放，定睛一看，是何藜。

"她遭遇坏人了？"片刻犹豫，我返回小吃摊叫来男同学们。一帮人在我的吆喝下对男士拳打脚踢，也许是因为酒精的作用，一番莫名的推搡后我摔倒在地，接着就晕了。

转醒时，躺在校外卫生院，后脑贴着纱布。

"谢天谢地你没事。"何藜从保温罐里舀出乌鸡汤，对我的仗义相救表示千恩万谢。

听她娓娓道来，我才知道昨晚那个男士只是何藜的一名疯狂追求者，死缠烂打一年多，也没做过什么过分的举动，无非是送送花，在路上拦着她交给她一点小礼物什么的，昨晚的误会导致他也挂了彩。

挂彩男士就住我隔壁病房。

"要不我去道个歉？"我试探性地问。

"没那个必要。"她说。

"苏舟翦，工商管理一年级，鸡汤我不喝，没什么事我就回去上课了。喏，我们有事QQ聊吧。"我龙飞凤舞在纸上画下一串数字。虽然因她而受伤，但一想起那二百块钱，觉得扯平了，心里舒畅了。

我计划交集到此为止。

可事与愿违。

当晚她加了我 QQ，将我的博客、论坛文章看了个遍，三更半夜问这问那。你是你们校文学社的编辑呀？你还会打台球呀？你会经常没有生活费吗？你可以教我英语吗？每一个问题，每一句话都让人觉得索然无味。

"嗯，是，啊，好。"我只回复一个字。

又一个深夜我来校外觅食，城管严查，所以街边小摊都收了。晃晃悠悠又到了何藜的花店。

"喂？来坐下啊。"

"哦。"

大半夜她用冰箱里半袋即食面以及零零碎碎的调料为我烹制一碗美味夜宵。也许是饿疯了，也许是真的美味，我竟吃得涕泪横流。

"太辣了，够劲爆。"

后来，我之所以愿意一次次应她之邀，去她家里教英语啊，聊民生，完全是拗不过味蕾。有时从网吧回来就直接往花店钻，"今天有饭吃吗？"开始还会客套地问，后来就不问了，直接拿上碗。有时也象征性地加一句：上次那个句子掌握了吗？

"还不太明白。"

其实何藜是个不错的女孩子，她情绪稳定，平静地活着，好像从来不会发脾气。

"打架"事情过去大概半个月，那个男士又在巷口遇到我。我俩各自朝对方的后脑勺睨了一眼，男士和颜悦色，直向我道歉。

"有什么破事你说吧。"我头一甩，一脸鄙夷。

"你能不能……帮我把这个交给何藜？不要让她知道是我送的，我就是喜欢她。"他递给我一只精美的礼盒，我一打开，好大一颗施华洛世奇水晶。

"干嘛不买大钻石啊？非洲之星海洋之泪什么的。"我轻蔑地看着他那张轮廓圆润的脸。

"以后肯定会买的。"他双眼眯成一条缝。"我叫钟良，谢谢你。"

"真不知道哪里来的自信心，鬼都知道你与何藜完全不可能，换成一般女孩也许你会成功，可对象是何藜，那根本是个软硬不吃，内心绝望，想爱而不会尝试爱的女青年。"

"啊？她是这么说的？"他有些慌张无措。

"你自己问咯。"我不再理会，接过璀璨的礼物，大步流星去花店。

"有人让我交给你的。"我将盒子放置桌上。"人家苦苦追求，你就试试呗，处不成就分嘛，现代青年分分合合也正常。"

她一笑置之，随手将礼盒抓起，扔进门口角落的垃圾桶。

"你这是做什么？"我正打算捡回。"施华洛世奇啊，好歹试试呗。"

"管他什么洛世奇，这些虚头巴脑的东西我看不上。"她毅然决然地瞟着垃圾桶。"话都没说过几句，送这些乱七八糟的东西，哪里知道安的什么心？"

语出惊人，但语气还是相当平静的。

（三）

两个月后的一天，我百无聊赖地坐在前面招呼客人。

一小时不到，热腾腾的饭菜上桌。

"吃饭。"她说。

两副碗筷速速摆好，那种极精致的青花玲珑碗搭配上好的木筷，与看似无趣的何藜一点不搭。"张阿姨女儿从日本带来的筷子，不错吧？"她有点得意。张阿姨是她的房东，她常说张阿姨像她妈妈，逢年过节呢，张阿姨家总会为她添一双筷子。她在说起张阿姨时，一脸感激与喜爱。

"那么多菜？阿爹今天回来吗？"一桌饭菜，令人垂涎。

"我给阿爹装上一点留着。"

用的是那种卫生院老式铝盒。何阿爹在城郊的建筑工地做工，极少来何藜这。

我们聊了一些花卉养殖的知识。我讲鲁迅，萧红，她说听不懂。我聊纪梵希，范思哲，她说不感兴趣。我说电子商务，国际贸易事务，她觉得我在嘲笑她。好像我们能聊的真的不多，说话嘛，轻了不行，重了不行，她太敏感，多说一句都能想歪了，稍不注意就能把她引向伤春悲秋的岔口。

她喜欢聊美食和养生，可我不懂。

"自强不息和多喝开水是世界上唯一没有坏处的事情。"她讲。

"何藜你应该出去走走，这个小店让你变得狭隘，封闭，你那么年轻，却有中年人一样的心态和爱好，这不好。"

"你怎么知道我年轻？"她反咬一口，语气里满是自卑。

"难道不是吗？"我关掉她台式电脑里循环播放的 70 年代歌曲，哀哀怨怨听得心烦。

"还有那些乱七八糟的苦情剧就不要再看了，看你惢惢窣窣挺讨厌的，其实人生没有那么多苦大仇深的际遇。你看，天蓝风清多好啊。"

她不以为然，认为我没有看透世间大部分冷暖。

大概我快离开时，何阿爹回来了，他已年过六十，依旧为了生活奔波不停，他憨厚朴讷，那些繁重的体力工作并不影响他精神矍铄，他爱笑，仿佛将对生活的感恩之情全部写在脸上，或者以汗水的形式洒在每一包水泥里。

记得有次何阿爹生病，我随何藜一起去工地看她，工友羡慕他有两个好女儿，他不解释，满足地笑。但今日的何阿爹脸色却不太好。

"工地又出事了。"声音小得跟蚊子似的，他身上那股浓烈的汗味瞬间盖住花店的芳香。

"阿爹，你再这样抽下去，过不了几年就死了。"

何阿爹仍是夹着烟，并不理会，他从兜里掏出一叠百元钱币放置桌上。就抽烟这个问题，是父女俩永恒的矛盾，何藜试过找人从外地代购戒烟药物，买过戒烟器，甚至去天桥下弄了一张假的病危通知……可这一切并不奏效，何阿爹抽得更凶。

"阿爹，这是？"望着阿爹带回的钱，何藜与我一样并不明白发生了什么。

他一面吃饭一面细细说来，动情之处又数度哽咽。不一会我大概明白了，工友在工棚宿舍私用煤气煮饭，烧了电路，把自己烧死了。工友家人去闹了很久，未果，老板半年未露面，今天回南昌，甩了 2 万元钱给何阿爹，让他交给工友家属，这件事就算了结。

"可怜还丢下婆娘和一个两岁的女儿，往后这日子可就难咯。"他呷了口酒，眉头一皱，泪就缓慢落进脸上的沟壑里。

"没有其他赔偿吗？比如保险。"我情绪激动起来。

"我们都是做一天算一天，结了账就走人，哪有什么保险。"他又呷了一口酒。盘中菜是鱼腥草，黄黄的小菜梗，用辣椒和醋，简单调拌，弯弯曲曲地躺在盘子里。何藜他们称为折耳根，是贵州山区产来，又苦又腥，气味强烈，至于口味，不敢恭维。可他却吃得津津有味。

"你吃不惯这个吧？你们江西人不吃这个。在我们贵州，餐餐要有。"他夹起一颗送进嘴，又对我笑笑，似乎刚刚那件事情已经忘到九霄云外。转而对何藜说："我看那个男孩人不错，你不要老是不相信爱，不相信爱，哪天我双腿一蹬，去了！谁照顾你？你现在要是赶快嫁汉，我说不定还能帮你带几年孩子。"他说的是钟良。

"你怎么知道他不错？"何藜反唇相讥。

"那次要不是他，我那些钱还要得回来吗？人家跟我们不沾亲带故，凭什么帮我们？"阿爹指的是上次钟良帮他们讨要拖欠薪资的事情。其实据我所知，哪是讨要薪资，不过是他自己垫付了而已。

"好了不要老是说这些，你不戒烟，我就算明天嫁汉你也等不到外孙出生。"不等何阿爹再说下去，何藜将头转向一边，拿出手机自顾自玩起来，手指在屏幕上反复划拉，心事重重。

何藜说她没有兄弟姐妹，也没有妈妈，我觉得很奇怪，一个人怎么会没有妈妈呢？死了？离婚了？为什么何老爹也从来不提何藜的妈妈？即便何老爹将我当作自己女儿一般地看待，他却从不对我提起这些。

到底他们在隐瞒什么？这让我不安。

那一叠钱就在桌上，薄如蝉翼，特别刺眼。何藜盯着那叠钱，愣了很久，似乎有很多很多的心事在夜色中漾开。

（四）

冬天好像是悄悄来的，才五点多，学校寂如黑夜，我刚走出校门，夜市已经灯火通明。

"下课过来啊，我炖了牛腩胡萝卜，给你补补啊？"

"快到店里了。"我要挂断电话。

"还有上次你说那件穿大了的裤子，拿来了没有？"

"拿了，拿了。"

何藜特别喜欢收集我不要的旧衣服，不仅如此她还让我组织同学一起收集，统一交给她，她再去邮局寄到偏远的山区，有时衣服里面还会塞点钱。一件件洗干净，叠好，单件包好。即便送人，她也包装整洁，这是何藜的好习惯。

我觉得挺幼稚，就问她："你觉得钱能寄得到？"

她说："我相信可以的。"

我又问："你在山区是不是有私生子啊？不然这样没完没了的捐钱捐物，图什么？"

　　她呢，一副爱理不理的样子："为什么要图什么？"

　　我十分讨厌她这种"跟你说了你也不明白"的态度。可我真的忍不住好奇啊，毕竟她平时抠门得连一双一百块钱的鞋子都要死命地还价。说她抠门吧，她面对施华洛世奇，以及钟良的追求，态度又是那样的坚决。

　　去何藜那蹭饭，已是常态。和我熟络后，她更随意，什么都是慢慢来，我说饿了，她说，现在忙，你去买点小吃先垫下。我说没钱了，她说，你自己去抽屉拿一点吧。

　　"还是你给吧。"我说。有时五百有时八百，然后下个月初再还。

　　她常劝我少上网，多看书，我嫌她啰唆，然后将矛头指向她："给你阿爹买份保险吧，你自己也买一份。"我是真心劝她，她也明白。"我会考虑一下。"可她总是一再犹豫又没动静了，她赚钱的确不容易，一双手已被玫瑰花刺扎得"千疮百孔"，有时她给我后背挠痒，我嫌她的手粗糙。"要死的卵朝天，不死的万万年。我和阿爹不偷不抢不做伤天害理的事情，老天还能不放过我们？"她最终决定还是不买保险。

　　我点点头不再说话。何藜与何阿爹都是那样朴讷善良的人，上苍会庇佑，我想。

　　准确来说，加速我们友谊升华的除了饭菜，大概是借钱吧，我常在月中去找何藜借钱，下个月再还，有时这周借，下周还。一生二二生三，后来干脆不还了。后来她说："反正你的时间也用来上网了，不如来我店里帮忙吧，我管你吃住。"她指着我们头顶上方的小阁楼。

　　学期末，我决定戒网。因为家里已发来最后通牒，科目再不及格，就停止发放生活费。

　　我陷入了无尽的感伤里，那么久没认真学习，不知从哪里着手。何藜决定督促我，如果万一学不进去，她会继续借钱给我，直到毕业。

"何藜，你到底多少岁啊？"我问她。

"哎呀，你别问了。反正比你大很多。"她藏起身份证，从来不愿意回答这个在我看来稀松平常的问题。

"那你生日是什么时候？到时我在你这买束花送你。"我和她开玩笑。

她却并不当玩笑："身份证上是正月初一。正月初一你还在家过春节呢，怎么送？"说完她就黯然伤神。"关灯睡觉吧。"

何藜的店铺被打劫，是个偶然。没有啥损失，就是一帮人对何藜恫吓一番，没拿钱也没打人，像拍偶像剧那样，然后钟良再从天而降英雄救美。当然，知道这事是钟良策划的以后，何藜彻底不再搭理他了。

钟良陷入了深深的绝望。我是帮凶，参与策划，可钟良一人揽下来了。

钟良安慰我："是我自己成事不足败事有余。"

入冬后，我常去何藜那住，就挤在花店的小阁楼，何藜在此住了六年。"你来了，我感觉比较安全。"她有时突然在夜里说。何藜是个爱哭鬼，她看书会哭，看电视会哭，有时看新闻都能看得声泪俱下。

"你每天看这些乱七八糟的东西有意思吗？"在夜里被她的哭声吵醒后，我哭笑不得。瞄了一眼 iPad 上的内容：××医院遗弃女婴无人认领……

"我就是感觉很难受，这些孩子被亲生父母抛弃，长大后知道真相，还会相信爱吗？"她常问我，这个时候我就会觉得她特别幼稚，披了披被角："睡吧，我看你阿爹说对了，你需要嫁个汉生个娃。那个土豪男就不错。"我觉得钟良适合她。

她不回答，起床开灯，望着窗台的一盆小芦荟发呆。

"他真的不错。"我又说。

"你知道我为什么叫何藜吗？"她发神经似的突然问我。

"我哪知道，野花野草，你就有这爱好呗，我觉得叫芦荟也不错。"
我揶揄。

"其实这是我自己改的名字。"面对我的不在意，她怅然若失。然后
端一杯水，坐在窗户边，安静地等待天亮。

（五）

南昌的冬天特别湿冷，室内又没暖气。何阿爹一只脚趾被轧断，失
了业。何藜在花店旁给阿爹租了一间有空调的小房间养伤，一日三餐照
顾得很好。阿爹为了省钱，经常不开空调。所以我们取暖基本靠那个
"小太阳"烤火器。

学校宿舍条件，在本市数一数二，但我愿意和何藜挤在小店里。冬
天的夜，北风呼呼作响，我们蜷在何阿爹的旧沙发里聊天，何阿爹也说，
认识我以后，他突然觉得父女俩在南昌有亲人了。

那时我们没有烘干机，也没有脱水机，阿爹用手拿着沥水的衣服放
在烤火器上给烤干。"烤干的，杀菌。"他说，烟还是一支接一支。我回
学校前，阿爹会让我把鞋子脱下烤热再穿上。"烤热的，杀菌。"他说，
然后他们父女用方言相互挤兑，再咯咯地笑。阿爹喜欢将橘子放在烤火
器上烤热了再拿给我们吃。"烤热的，杀菌。"我说。阿爹一本正经纠正：
"烤热的，胃会舒服一点。"

除了抽烟，除了嫁汉，何藜与阿爹还有一重矛盾。那就是每次何藜
给阿爹买的衣服，阿爹就偷偷拿去再卖了。他嘴上说不喜欢，不合适，
心里舍不得何藜花钱。"我一个老头子，每天和泥瓦打交道，穿新衣裳做
啥子？"

何藜依旧那样忙碌与无趣，温吞，患得患失。听不厌烦的老式歌曲，
穿不腻的老式长裙和皮鞋，永远不变的黑长直发，冰箱只用来放肉类，

永远不和陌生男士有更进一步的接触，连做哪道菜用哪个盘子都是固定的……我由起初的鄙视，变为习以为常，再到欣赏。何藜真是个好女孩，一板一眼，恪守原则，虽然看起来年纪比我大，但是心如少年，纯净透明。

"阿爹，你真幸福，有这么好的女儿，何藜也好幸福，有你这么好的爹爹。"我由衷羡慕。

"何藜就是因为太懂事，我担心以后她受人欺负，你劝劝她……女孩子总是要嫁汉的，而且她又不像你一样是个大学生，我没本事，没能供她上大学。"聊到这些，阿爹就特别自责，这样的夜格外伤感。

何阿爹腿伤一好又去其他工地做工，脚趾落下残疾，走路一瘸一拐。不过几天，他又来，将一叠由报纸包裹的现金交到何藜手中。

生活总是这样，任你冲锋陷阵，也不过才换得杯水车薪。

"伤残十级，老板还算有点良心。"他又恢复往日的欢快，似乎并不在乎自己受的伤。见何藜眼鼻通红，他又自我解嘲："小脚趾没什么用，丢了就丢了。"

路过商店，他给我们买了那年十分流行的套头毛衣。"小姑娘就该穿这些颜色。"他取下挂在手臂间的毛衣，点燃一支烟说。

"谢谢何阿爹。"我将毛衣套上，何藜将衣服叠好放置一边，用手拭去阿爹额头鬓角结痂的水泥。

"我去做饭"她说。

阿爹一摆手："不吃了，衣服送给你们我就要走了，工地事多，耽误不得。"

"我很快的，你带点去工地吃嘛？"何藜系上围裙，挽起袖子。

"工地耽误不得，攒点钱，以后陪点嫁妆你也风光点，节日你忙不赢时再喊我回来帮忙。"他态度坚决，心心念念还是何藜的终身大事。

他吞云吐雾，一瘸一拐地消失在巷子尽头。我一颗心又开始恻恻地痛。

"你帮我打听下，我阿爹这种情况要买个什么样的保险呢？"她骤然焦急。

我认真点头，在纸上列好：医疗险，疾病险，意外险……

（六）

大二那年春节，大雪封路，我和另外几名室友留在学校过年。学校食堂的阿姨邀请了几次，没好意思去。支支吾吾老半天，想和何藜一起过年。

"傻瓜，你来呀，带上你的同学一起来，我准备一点菜。"

"还是我请你们去饭店吃吧，我爸爸给我打钱了。你和阿爹都来。"我对何藜说。

她并不领情："切，有那闲钱不如来我这里吃，钱呢，留着给我买礼物。"我知道，她不愿意我破费。

我当真了。带着四五个同学一起去了何藜店里，说是帮忙，越帮越忙。

"你们都去前面给我招呼客人呀。"她挽起袖子，十个手指成了发胀的胡萝卜。

"我来洗吧？"我拿起一把芹菜心疼地说。

"你去前面看书，我快忙好了。"她利索地掐了一把藜蒿。"你最爱吃的藜蒿炒腊肉，今晚管你吃个够。

"你好像我妈呀。"我说。

"没大没小。"她瞪我。

应阿爹之托，我拐弯抹角将话题引向钟良。

说说钟良吧，也算是不打不相识，据我了解他是本市一名有钱人，自己有一些实业，其实人不错，最近每天到店里买上99枝红玫瑰，然后再绕个圈子找人送给何藜。起初何藜拿了钱，卖了花，再收到花就扔进垃圾桶，"打劫"事件上演后，何藜对钟良已经恨之入骨。

"不要和我谈感情。我没有感情。"她态度坚决。

"没感情的人，看新闻都要哭得一塌糊涂呢？"我嗤笑。

"我不相信爱，也不相信我会有。大过年不要说这些不开心的事情。"聊到这些话题，她又像刺猬一样，尖锐起来。

我抱头求饶："好吧，我去前面招呼客人，您继续光着棍。"

人心毕竟是肉做的，她也不至于完全不动心，但好女孩总是不敢轻易冒险的，特别是年近三十的处女，特别是她得知隔壁服装店的老板娘，又刚刚和第六任男友分了手。这些都能构成何藜的不安全感，我理解。

何藜口口声声说她不相信爱，不信爱情，可她在包扎每一捧花束时都会倾注自己全部的热情和创意点子。上次本市一位挑剔的土豪经人介绍来店里装饰婚车，我永远忘不了海龟新娘倚着婚车啧啧称赞的表情："太美了，太符合我的心意了，心中没有爱的人，我想她是绝对装扮不出这种效果的。"她这是在夸何藜。

我一直相信有志者事竟成，甚至也是这样鼓励钟良。不过很遗憾，命运七拐八拐，毅力与爱未必能够对抗生命中所有的变数。

吃过年夜饭，何阿爹随我们一起去学校看烟花。我感喟年味淡薄。她却说："淡薄不好吗？淡薄说明我们的日常生活丰裕了，不再向往过年了，因为每天都像过年呀。"

我诧异于她有这样超常的理解："也是。"

"我特别羡慕你，别老和你爸妈吵架了，我看你每次讲电话声音都特别大，跟凶孙子似的，其实这样特别不好，父母再怎么不对也是父母。"她披了披我的衣领说。

我张开嘴，肌肉僵硬，什么都不想说。

"回去吧闺女们。"新年钟声敲响时，阿爹有点困意了。

195

"那回去吧。"

一辆丰田轿车从我身旁呼啸而过，搅得尘土飞扬。我暗自吐了脏话。不一会，见这辆车就停在夜市口。

西装笔挺的中年男士站在店门口，旁边的石凳上整齐码着一叠礼盒。

"您找谁？"我在巷口向他挥手。不会是钟良的爸爸上门提亲吧？我有点雀跃。我猜何藜也是这么想的，但她并没有这么说，她有些脸红。

何藜三步并作两步上前问："先生是要生日花束，节日花束，还是装饰婚车呢？"

"我，是来找你的。"对方回。

我激动无比，此刻我很想恶作剧地冲上去告诉男士：别费心思了，这个人心中根本不相信爱。

男士没有回答，招呼车内的中年女人下车，夫妻模样。我震惊。女人看着我与何藜，摘下眼镜朝何藜奔去，紧紧抱住，何藜不知所措。何阿爹越过何藜，走到男士面前。两个男人的脸上都有深深浅浅岁月的痕迹，过度的劳累以及繁重的体力活，让脊背微驼的何阿爹在这位仪表堂堂的男士面前更显得沧桑羸弱，大病一场后，何阿爹的身体一天不比一天，以往的矍铄减了大半。

"你们终于还是来了？"何阿爹先声夺人。

"老哥，我对不起你。对不起……"男人望着何藜，扑通一声跪下。不等何阿爹搀扶，他已恸哭起来。我与何藜一头雾水。也许这世间真的有心灵感应这回事，他这一跪，再一哭，何藜像是突然意识到什么似的，挣脱中年女人，紧紧咬着唇，身体一直在颤抖。

"这是你爸爸。"很久很久，何阿爹从嗓子眼挤出这么几个字，那眼中到底是欣喜？是绝望？我判断不了，太复杂。

"他不是我爸爸。"何藜打开店门，又决绝地关上门，将我们四人隔在门外。

谜底并未解开，但我已经从那个西装笔挺，突然下跪，然后面对何阿爹忏悔一晚上的男人那了然一二。

他才是何藜的亲爸爸，南昌人，多年前为保工作，主要又为了再添个儿子，忍痛割爱。

（七）

几天没去花店了，不确定，以及不敢。

在外贸英语课上睡了一节课后，同时接到两封情书及何藜电话。情书被我扔进垃圾桶。我回复电话："什么情况？"

她哽咽："你来店里吧，下课就来。"

我气喘吁吁跑到花店。

"到底什么情况？"我问。

"他们二十多年从来没有想过认我，甚至没有考虑我的死活、我过得好不好，现在他们的儿子需要配骨髓才想到我，哈哈。"她苦笑，我束手无策，也许真的是强抑太久，她捂住脸，泪水从指缝溢出，滴着，滚着……她扑在我怀里。随着她的身体抽搐，我又心疼起来。如果这真的是现实，确实残酷，我想。

"去吃饭吧，吃饱了才有力气去想这些。"我实在不知怎么安慰她。

她已瘦得皮包骨头，想起那晚她看视频时发出的感叹："这些被父母抛弃的女婴，如果注定要面对真相，他们还会相信爱吗？还会勇敢生活吗？"总之那个中午，我试图揣测何藜的这二十几年，却怎么也想象不到她曾经历多少期望与失望。

虽已过春节，午后还是很凉。回花店，何藜眼眶依旧通红，我的心彻骨冰凉。夜市大部分门面都还关着，只有花店两旁贴着火红的对联。

"那现在你怎么打算？"我问。

她趴在桌上抽泣，什么话也不肯说，哭着哭着就睡着了。我打发了几位客人后已经近天黑。这时何藜才肯开口讲话："我不恨，我就是特别难受你知道吗？这和我想象的不一样。"她又嘤嘤哭起来，有气无力。

如果说起初何藜尚处相认与不相认的矛盾中，这几天则彻底陷入了如何相认的绝望中。第二次再来时，他们才说明来意：女儿肯回家当然最好，如果不肯回家至少要救一救病危的弟弟，那个弟弟就要结婚了，突然查出白血病，骨髓是个问题……

何藜被遗弃后，何阿爹将她带回贵州。我明白了，何阿爹带着何藜来南昌，为的就是有一天让她的亲生父母来认吧。

阿爹从工地结账后，住回花店后的出租屋，花店随主人堕落，何藜整日魂不守舍，花店生意一落千丈。阿爹笨手笨脚经常把客人"赶"跑，何藜已经很少再去责备他，哪怕阿爹现在一天会抽掉三包烟。

"阿爹，你抽烟要是得肺癌死了，我就跟你一起去。"她有时会说这种赌气的话，我看着父女相对无言，特别难受。

不敢问何藜那个弟弟的情况，但我猜测应该是性命攸关，否则他的亲生父亲也不会一再来这里对何阿爹下跪。

何藜仍是无动于衷，一脸决绝，立誓：死都不会原谅他们，死都不会和他们再有瓜葛。

何藜说想把店转掉，回贵州，何阿爹拗不过她，答应了。

阿爹说，早知是这种状况，还不如不相认，在贵州穷就穷个自在。我知道，这是他在说赌气的话。

残阳如血，依旧是西装笔挺的男人跪在佝偻身躯前。"老哥，我是恨不得自己替儿子去死，可是我的骨髓没有用啊，你劝劝闺女，哪怕她答应试试。"

何阿爹也曾动过恻隐之心，但那次他突然决绝地回："你舍不得你儿子，我也心疼我闺女。你是父亲，我也是父亲。"同样是爱，天差地别。

198

偷偷问过校医，其实骨髓移植并不影响何藜的生命，我也想劝何藜，可我们有什么理由在一颗千疮百孔的心上再扎一针？

（八）

我住回了学校。

我想还是不要在深夜去打搅坚强的人，他们可能需要独自恸哭。我知道何藜只是白天平静，夜深人静她会哭得一塌糊涂。

何阿爹赋闲在家，收养了几只流浪小狗，一到傍晚就打个摩的去江边看人下棋。

花店盘出去的前一周，何藜瞒着阿爹去了医院。

走的时候嘱咐我给花草浇水，愿意来店里住就来，冰箱里还有速冻水饺，钱在抽屉我自己拿。我说，何藜你考虑清楚，现在科技那么发达，说不定能找到匹配的骨髓。

"毕竟是我亲弟弟。"她做了个噤声的手势。

岁月的唇边叼着一枚无声之箭，时刻瞄准命运的靶心，这话放在何藜身上合适不过。

配完骨髓，何藜生父母"殷勤"献尽，但何藜并不买账。

"你要回到你以前的家里吗？看得出他们很爱你呢。"我一边给她削苹果，一边悄声问。

"我不回去，我还有我阿爹呢。想读个夜大，以后找个好点的工作奉养我阿爹。"她虚弱地靠在升降床上。钟良不让我说出他来探病的事情，我憋在心里又特别的难受。

果真，出院后，她读了夜大。

"以后我们就是平起平坐啊。"她捧着书兴奋地说。

"我们本来就高低不分啊。在你看来我们一直没有平起平坐吗？"我轻蔑地问。

"不一样的，读书人的气质不一样，像你，有点傻，但又有思想，出口成章的。"她意识到我的不悦，拉着我去吃烤肉。"你毕业后有什么打算？"她问。这是她第一次和我谈论以后。

"还没想过，船到桥头自然直吧。"是啊，毕业后怎么办？我也陷入了深深的苦恼。何藜看出我的迷惘，安慰我。

"在我看来只要有一技之长，踏实学到知识，就是岁月无欺了。"她坚定地说。

阿爹又要去郊区的新工地做活。我与何藜重新租了一间房，还在学校附近。可是两个多月过去，阿爹已经没有了一丁点消息。我们找遍了郊区的建筑工地，无果。与此同时，何藜的亲生父母频频来访，仿佛对阿爹"失踪"的事毫不知觉。

有天何藜将一张卡交给亲生父亲，父亲怔住。

"这是你们给我阿爹的，阿爹给我了，但我不需要。"她又恢复了倔强、吝啬本性。偏过头，不愿意与他们多说一句话。

五一假期我陪何藜回到贵州老家，村里人说阿爹没有回来过。何藜绝望了。

"阿爹还没给我攒够嫁妆钱，他一定还在南昌。"何藜发完村里 16 个孩子的礼物后，连夜赶回南昌。

亲生父母让何藜回到学校，他们负责全部费用，包括此后的一生。言语无力，但生活面前，钱有力。

我说，你去吧，你不是一直想读书吗？你过好了，才有可能兼顾阿爹。她点点头。

何藜报读了本市一所职业学校，考上了，校址离她那个家很近，却离我颇远。

起初，我们的见面和例假一样准时。除了偶尔会想起阿爹给我们烤橘子，几乎很少再想起学习之外的事情。

　　与何藜最后一次在南昌见面，大概是我大四时，那时正准备考研，时间就像带进沙漠的压缩饼干，得省着。匆匆见面安排在我学校的食堂，连日的紧张复习让我眼皮开始打架。

　　"你说阿爹到底去哪了？"她哽咽。

　　"阿爹一定是在哪个工地好好的待着，他不想影响你现在的生活。"我扶着镜框，安慰。

　　"我有一种不祥的预感，你说阿爹会不会死了？"她突然又问。我缄口，其实心里也不确定。

　　那顿饭吃得匆忙而心神不定。

　　"我想去青海支教。你要是看见阿爹告诉我一声。"她说。大束的阳光从窗外射进，哄闹的食堂烟雾弥漫，没一丝风。

　　是去找那个人吗？我问。那个人，就是使她老往山区寄东西寄钱的收件人。

　　"是！"她不回避躲闪。"想听阿爹的，试试去相信爱情。"她说。

　　"可阿爹说的是钟良啊。"我心不在焉数着碗中米饭，脑海里是钟良的窝囊样。

　　记得有一次，钟良收集了许多新衣物和文具，然后在巷子口交给我，说："就说是你们学校收集的，只要看见她快乐，我做什么都值了。"

　　我说："你不妨看看眼前人。"

　　她回："我相信我自己。"

　　那你就勇敢一次吧，我说。

（九）

　　其实在我看来何藜根本不用走的，留在南昌，她会有不错的未来，而且更有可能找到阿爹。可她完全不这么想。她说，她离开这个"家"太久了，她已身处这个家之外，试着回去，感受到的不是爱，而是深深的担忧与格格不入。

"万一他们哪天再次抛弃我呢？你知道我指的不仅仅是身体、生命。"她对我说。那种犹疑和不确定，又再次附体。

"我理解，一路顺风。"我说。这话是通过手机短讯发给她的，当时正在考试。

钟良知道这事是在几天后吧，他到学校找我要何藜的联系方式。

青海那个男孩，算是何藜唯一心动并信任的人吧。贵阳市出生，西南科技大学毕业后，去深圳上了几年班，受不了朝九晚五的生活，受不了人情冷漠的都市，毅然决定背包去青海，一待就是好几年。虽然我也会有许多的担忧，比如何藜与他的文化差异，生活环境诧异，对感情的认知……除了她们都是追求精神大于物质外，我担心这段感情存在太多的问题。但何藜执拗，我劝不住，又何必劝？她已千疮百孔，她那么认真努力，就像这座城市一样积极向上，好不容易愿意相信，愿意为爱走一次天涯，我凭什么让她全军覆没。

那时通讯尚不发达，青海高原，联络基本靠长途电话。她说，她和男友负责教32个8—15岁的孩子，那里没有矿泉水，没有卫生巾，手机信号为0，但她仍旧乐此不疲地问我："嗨，有没有穿不上的衣服，寄来，这里需要。"

我说有，然后钟良就会弄来一堆衣物，反反复复，无怨无悔。

"你快乐吗？"我问。

"挺快乐的。"她说。

我从不去设想何藜需要经历哪些苦，我们都曾坚信有情饮水饱。毋庸置疑，她此刻的脸，应该是似高原的光，温柔而亮烈。得一心人，然后嫁汉生娃，白首不分。一切是那样美好。

事与愿违。

那次地震来得很突然，清早，何藜与男友在同一栋楼上课。当房子开始晃动时，何藜在混乱中疯狂寻找男友，而此时男友早已跑得无影无踪，生死关头全然顾不上何藜还在楼上。

"我孤零零地站在废墟里，那一瞬间，所有的信念，顷刻坍塌了。"何藜后来回忆说。

"对不起，那种情况，我以为都会想着先保自己吧。"男孩解释。

何藜不说话。他们昨天刚为处女膜的事情争吵过。

"其实交过男朋友也没事的。"对方慷慨。

其实何藜从来没有交过男朋友，他这句话像针尖刺过她的身体。

钟良从青海回来已经彻底死心，他说如果关怀是一种打扰的话，不如选择痛快离开。

我已记不清再次见到何阿爹是在什么时候，那个季节学校的梧桐树叶大片掉落。"民工赣江边上救人生死未卜"的新闻不胫而走。

何藜独自从青海回来，冲向病房，趴在老爹身上号啕大哭。泪滚着，扑着。

"阿爹为了我，一辈子没有讨老婆。"第二天一早，她的双眼已经红肿得不成样子了，拖着身子，忽然瘫坐在楼梯。

仿佛昨天还穿着何阿爹送的毛线衣，今日已天人永隔，透过窗户，看见楼下的救护车和殡仪馆的车来回进出，心头一阵酸楚。与何藜紧紧拥在一起，楼道的消毒水味十分刺鼻，脑海中全是死亡的味道。

"你们再想想办法，想想办法。"她哀求主治医生，不哭，嗓子却是哑的。那张泛着高原红的脸蛋，躺着无尽的忧伤、忍耐、绝望。

她的悲伤一向温吞，那种温吞像雪山下暗藏的窸窸窣窣，不动声色，但随时会崩塌。

"我们真的尽力了，对不起。"白大褂推开她，现代医学毫无办法，就连苍穹也悲戚无声。

何藜亲生父亲赶来时，已是第三天下午。一起来的还有弟弟，二十六七，明眸善睐，与何藜一样纯净无瑕。我借故离开后，并不知道父女之间聊了些什么。

何老爹的遗体要火化，我陪她去市场上挑了寿衣。确定尺寸后，她攥着寿衣啼哭不止："这次老头再也不能爬起来将新衣卖掉吧？"

我恍恍惚惚，满脑子都是阿爹给我们买毛衣，烤橘子的画面。"但遗体是要火化的，寿衣怕是用不上呢。"我说。

"我就是想让他穿一件新衣服。"她坚决买下寿衣。若按照当地土葬的风俗，寿衣应该由死者长子先穿上，焐热，再给死者穿上，这样阴间路不至于太冷。

"阿爹只有我，那么由我焐热再给我阿爹穿上。"做完这些后，何藜连叹气的力气都没有了，一切静如止水。

工友劝何藜：骨灰带回贵州，落叶归根。

何藜说：我在哪，阿爹在哪，我带着他。

（十）

何阿爹葬礼由何藜的亲生父母操办，体面风光。

那天，他也来了。不是何藜的青海男朋友，而是说好要死心的钟良。我很意外，轻轻点头，以示礼貌。以往见他要么嬉皮笑脸，要么唯唯诺诺，可今日他黑白西装，神情肃穆，悲伤从来装不出来。

"你要陪着她。"他走到我面前，轻声细语。

"我会的。你也加油。"我说。

他摇摇头："我不指望了，只是看着她受委屈我还是会难受。因为她懂事，所以总是受委屈。"

日子一天天过去，何藜痛，我也痛，胸口碎大石一般的疼痛。

何阿爹的后事处理完后，她回贵州了。囊空如洗，没有牵绊。

"我想一个人安静地生活。"她说。

何藜走后，我的研一生活仿佛又陷入了大一时的无聊与恐慌中，只是再也不翘课，也不需要找人借钱了。

钟良，人如其名。他哪是什么土豪男，伪装出来的阔绰而已，他以为这样就能获得何藜的芳心，哪知道，南辕北辙。不过，爱情不假，能拿自己半年的工资垫付何阿爹的薪资，确实不容易。我常说，掏心不易，掏钱更难。这个人，对何藜掏心又掏钱，他单纯，执拗与何藜有很多相似之处，只有他才配得上何藜的深情。

"何阿爹走了，何藜也没有获得幸福，我真的特别难受，可我什么都做不了。"钟良常常在阳光通透的午后约我出来，只要聊到与何藜有关的事情，他就情难自控。他说那时很想从青海把何藜带回来，可又怕她不愿意。

"出息，大男人家的。没有死心就去追。"我嘲讽。

"我现在才明白，爱情有时真的不是愚公移山就够了。"他笑着。

窗外一片空漠蓝天，抹着疏疏落落的几丝白云。我精神恍惚，仿佛置身云端，无所适从。

"我替何藜对你说抱歉，有些人，从不曾得到便已失去了。何况是她。"我说。

"那是因为她从来没有看见我。"

"你太怯弱了。"我埋怨他。

何藜走后，通过一次电话。她在电话里说："其实那次在青海，我真的很想跟着钟良走，不过他那次根本没有伸出手。"

（十一）

钟良结婚时，我回到南昌。

喝得酩酊大醉，鬼使神差开车绕到何藜曾经的花店，才想起，我已经多年没有何藜的消息。原本被改成小餐馆的"花房姑娘"，被扩阔，也叫"花房姑娘"。

寒风沁骨，心却暖之，推门进去，不见故人。

"小姐，要买什么花？"眼熟，是何藜的生父，他带着花镜，慢吞吞从椅子上起，故意拉长的声调并不能掩盖垂垂老矣的凄凉。"姑娘，要买什么花？"

"什么都不买，我就是来看看。"我鼻子酸涩。

"好，那你就看看。"

显然，他已经认不出我。

再见，Homeless

你说余生漫漫，我还会遇见很多人，可是你不信，我这辈子再也无法爱别人。

（一）

我总想起林曦，自诩"一身匪气"的 Homeless，她像深海之鱼，又像高空之鹰，狡黠无瑕，神秘自在，明明那么远，却又像很近。总之，我此刻急于讲述，讲述那些随她飞越整个欧亚大陆的故事。

对于画画，毫无天赋及兴致，但 2009 年冬天，却受邀赴好友陈珙的画展，因为听他讲林曦也会到场。我一早到达展厅，盼一睹芳容。据说林曦通晓四国语言，年纪轻轻就已拿得各项学历，如今满世界旅行。林曦姗姗来迟时，我呆住，只听说好看，却不知好看得这样令人侧目。

她远远走来，一头齐腰自然卷发颇有异域味道，娇小脸庞又极富东方韵味，身形苗条，胳臂是胳臂，腰是腰，一双长腿在毛呢格子短裤下尽显本钱，长筒袜牛津短靴，手上叮叮当当一串银镯，颈上挂相机，身后跟着一只满是贴纸的行李箱。

"对不起，我搞错方向。"她与大家逐一拥抱道歉。她明眸皓齿，肌肤光洁。拥抱陈玦时，用英文讲："老师，好久不见。"然后捧上一只礼盒交在陈玦手中。"弟子服其劳，有酒食，先生馔。"她讲。

"黑眼圈怎么这样重？"陈玦接过礼盒，拍拍她的肩，颇有长者风度。但马上又添一句："大家都在等你。"

"学生有点焦虑。"她十分尊敬陈玦。

看展时，无意窥见林曦亲吻那副名为《海浴》的画作，画作者林曦，风景像是哥本哈根。

"满世界跑，累不累？"不熟悉的座上客问她。

"就因为累才要跑得远远。"她十分乐天快活。

林曦擅自嘲，席间因她妙语连珠，无味的饭局变得甜畅心扉。

夜间散局，林曦自告奋勇送我回住处。初次相识，我找话题，林曦不过二十多岁，讲话却超越年纪。她的车技极好，坑坑洼洼，四平八稳。

林曦原本学船舶与海洋工程，后来发现自己画画也不错，就拜师学油画，误打误撞做摄影记者，因为一些事情出国留学……

"你这样少年得志，一定付出过人的努力。"我尽量讲得文艺，主要怕她反感。

"我这人十三点兮兮。"她转过头，对我笑笑。不过才聊几分钟，同为一代青年，她的丰富自在已叫我无地自容。

因为住处属僭建，十分破陋，不大好意思邀请她进院子。"所居陋室。"我开玩笑。

"都讲陋室多明娟。哈哈，不打搅你休息，给陈老师报个平安。"她的笑容叫人温暖。

"留个联系方式吧，我给您拍了几张照片。"我期待再次见她。

"好啊。"她很爽快，左撇子飞速写下手机号码，字迹竟然与脸蛋一样秀美，老天真是不公。

从阳台目送林曦的车消失在雨中。她刚走，陈玦信息便来："你们都安全到家了吗？"

"到了。"我回。

"林曦回了吗？"他又问。

"请放心，她也回了。"我讲。

一周后，林曦请大家吃饭，还是画展那天原班人马。在座纷纷细数她各种优点，惹得她十分难为情。我将加快冲洗的照片捧给她，她致谢："曦，我竟然有这么好看？"饭后她捧出礼物均分给大家。我得到一支凌美钢笔，与背包同色。

"暂时不想走了，昨晚决定，以后请大家多多关照。"一片哗然，却十分赞同。

唯独陈玦期艾："你在国外发展那样好。"

"国内一样可以。"林曦偏过头去。

林曦租住于本市一栋旧楼，深居简出。她喜欢山本耀司，杰克伦敦，既参加古琴同人雅集，又能聊斯坦尼斯拉夫斯基与后现代艺术，她用 LELABO 的 33 号香水，太独特，味道像是小时候，隔壁老木匠刨下的木屑。

（二）

林曦出生于东部沿海某中产之家，准确来讲，是半个中产之家，当发现妈妈做了十几年第三者时，林曦恰好高考。在她看来，这荒诞而善意的谎言，拆得恰逢其时。她已羽翼丰满，正好逃离。

起初，偶尔去海边饮泣。再后来她任性报读船舶与海洋工程专业。成绩优异，积极向上，并且很少再回法式联排的房子里。

年余，爸爸回到原来的家。爸爸走后拨了一笔钱给妈妈，妈妈预备带财产去意大利南部，一个叫作阿尔贝罗贝洛的乡村小镇。她说那里有个熟人。

走之前，妈妈到海洋大学找林曦，林曦摆摆手："你走吧，各有各的路。"

时髦的妈妈将联系方式交到林曦手中，一步三回头地钻进一辆小轿车，消失在学校的林荫路尽头。妈妈自香港出生，娘家有高加索血统，肤白貌美，林曦全部继承。

林曦说，那时她想跟着妈妈走。

"也好，跟着我是油瓶，跟着你爸爸，是公主。"看，妈妈并没打算带她走。

妈妈认为，这是自我牺牲。林曦觉得这是放弃。

林曦曾有一些朝夕相处的好友，那是另一些中产家庭的公子小姐们。从前他们一起练琴，骑马，后来他们一起翘课，排队去酒吧。家庭分崩离析后，林曦与他们断绝了往来。

林曦爱画画，爸爸刚好新交一名艺术家朋友，广州美院内，被大家尊称为陈教授的男人，他样貌清癯，却极有艺术气质。

当陈玦来访，甫见林曦信笔涂鸦的画作，被惊呆。"天赋不得了，必成大器。"陈玦从不轻易夸人。

为成大器，爸爸将林曦托于陈玦，研习油画。

陈玦善骑射，好写文。既喝烈酒，也植兰草。金丝框眼镜，干干净净的白衬衫。长相平平，却又那样独特。他那样忙，又会轻易记住林曦喜欢与忌讳的每一样东西：写字右手画画要用左手，汤面要放芫荽，粢饭配油条，只饮纯净水，巧克力只吃白色不吃黑色，鞋子穿大一号，衬衣要白。他们一样喜欢穿牛津鞋，硫化鞋。

从基础素描至独立完成油画作品，林曦数次拿得大奖。很快不断有艺术工作室邀约，天赋极佳，又十分努力，前程简直一片美丽蔷薇色。

林曦学得用力，享受每一次来自陈玦的夸奖。陈玦爱惜她，教得用力，遗憾在这两种用力，渐渐不对等。

人人都讲林曦是陈玦的小女友。

陈玦是奇人，温润周到，面面俱圆，男人优点他已占去大半，加上丰富常识，天文地理事事通晓，又十分懂得林曦的想法。至此，他早已成为林曦的神。

妈妈曾告知林曦，钻石可分五千种，从优到劣，不胜枚举，男子也是。现在她认为，陈玦属 E 色，无瑕，且切割完美。

大二学期末，林曦瞒着陈玦，搬进校外寓楼，与陈玦一墙之隔。陈玦不愠不火，躲着他最得意的门生。

冬天，陈玦与林曦分别代表导师与学生赴香港参加研习会。他着阿玛尼素色西服，她是同色系修身长裙。越低调就越耀眼，散会后，有人向陈玦索名片，陈玦尚未开口，林曦上前。

"有名气的人，不需要名片。"她自然十分骄傲。

对方留下名片悻悻离去。

有人见林曦挽着陈玦手臂，先声夺人："陈老师，好福气。"在香港，大家当然知道陈玦旧日名气。

陈玦轻轻甩开。林曦不肯。

"情色上升到这样的地步，那就是艺术。"有人窃窃私语。

林曦不发一言，脸颊红粉绯绯。

自助西餐，吵吵嚷嚷，大家攀来比去，又忙着扩阔交际。椰蓉沙拉腻答答，番茄意面硬邦邦，"真真伧俗。"林曦只得往嘴里塞去一团芫荽，借故告辞。

海岛的夜里潮湿而窒闷，林曦挂断电话，沿着海岸线走了很久，海风腥咸，她嘴角苦涩，脑中仿似有一万只蛆虫噬咬。

妈妈发来结婚喜讯，她无论如何不想祝福。

许久，林曦才发现立在身后的陈玦。大风爽利，吹得他衣襟摆动。点点星光下，他猛嘬烟嘴，静静望着她。

林曦扭过头，对他笑。

"回去吧。"陈玦脱下外套挂上她的肩。她置气甩开。

因为林曦任性，陈玦陪她沿着海岸走至黎明。彼时衬衫稀皱。

一把荒菱撑到现在，林曦饿得发慌。

"想吃油条粢饭"林曦嘤咛。陈玦速速搜来。

"妈妈那么快就结婚了。"林曦狼吞虎咽，像是连鼻子都钻进饭里，一面吃，一面滑出泪来。

眼泪一出，陈玦微笑中断。他抬手去拭她的眼泪，一并擦拭林曦嘴角饭粒，桌上明明有纸，他偏抓起自己衬衫一角，替林曦拭去。昨夜的眼影，口红，全糅在泪水中，沾在陈玦的洁白衣襟。

林曦起身去抱陈玦，越抱越紧，他呆呆立住。轻轻拍她肩臂，久久才肯推开。

"是否考虑学摄影？你对光影拥有同样的敏锐。"陈玦对林曦用心至深。

林曦大为诧异："不要！老师，我喜欢你，想一辈子跟着你……学习。我不在乎能学到什么，只要能天天看你，陪你。"林曦这种女孩，一旦认定，不避斧钺。

陈玦苦学出身，年纪已与林曦父亲相仿，妻子常年卧病，他已有多年未听少女讲出如此别有用意的话。虽为正人君子，却不免心酸。

"明朝回去我介绍摄影老师教你，你爸爸也答应。"用意昭然若揭。他起初并不知道会是这样，他只醉心艺术，若有一点点绮念，那也是这颗年轻珍宝给他带来的精神雀跃，仅此而已。

（三）

林曦闹性子。

果刀割手腕，在医院，陈玦额蹙心痛："一个不自爱的女孩子，我不相信她会爱别人。"他绞干毛巾，擦拭她的额头。

她愣住，谦谦君子，原来这样自私。林曦像吞下锢水，不言不语。她不擅掩饰内心感情，明显的失落，别过脸去，瘦小的背影却看得出寂寥。陈玦的叹息从她背后传来。

林曦太年轻，心思又沉甸甸，只得把期待摁进她的期望里。从小小摄影助理到独当一面的摄影师，无人知晓，她曾如何艰辛努力。

孤单的夜，思念越发像疯长的草，她央求陈玦："你能不能来看我？"

"抽得出时间我就去。"表面上他永远轻裘缓带，可无人知晓，为了圆林曦的梦，他低下高傲的头颅去求人。林曦高烧不退的夜里，陈玦不休不眠守着一整夜。

"她学得怎样？"他问老友。

"她羽翼既成，一飞冲天，你留不住她。"这是实话。

林曦生日那天，又在热闹散尽后，林曦将醉酒的自己扔在暴雨中，跌跌撞撞，哭哭啼啼。生日要喝得烂醉如泥，那真是有伤心事。陈玦在雨中捡起她，放进柔软的沙发，轻轻讲："你换上这些衣服，好好休息，我明朝有课，先回家。"簇新衬衫上有白玉兰香波的味道。她伸开双臂紧紧箍他，"陪我一会吧。"

"你休息一会，我等下送你回去。"

彻夜，陈玦看着佯装熟睡的林曦，手上翻阅的新书成旧书，却只字未入眼。

这是他的工作室，陈玦年近不惑，却并不像林曦的父亲那样偏爱老式红木家具。一桌一椅一台灯，屋内陈设尽显品质。要命的是，她最爱老鹰乐队的"加州旅馆"，墙上挂 Don Henley 油画像。

　　"老师，你肯定去过好多地方。"林曦突然睁开眼。

　　"从未，顶多在香港和大陆穿梭，哪里也没有去过。"他心不在焉地望着墙上的时钟。时钟旁是一排林立的书架，上面摆放各式工艺品，林曦清楚每一样分别是哪名学生所赠。

　　林曦盯牢柜子顶端一排未开封的伏特加。

　　"弗朗索瓦丝·萨冈说，所有漂泊的人生都梦想着平静、童年、杜鹃花。"

　　"哦？"

　　"所有平静的人生都幻想伏特加、乐队和醉生梦死。"她盯牢陈玦。

　　陈玦噤若寒蝉，忧心忡忡。

　　"还是不要醉生梦死。"他又笑。

　　雨一直下，林曦有了不回家的理由。雨停的时候，陈玦说："送你回去。"林曦将头撇向一边，很快又睡着了。

　　妈妈走后，她从未睡得这样安心。

　　临近午夜，林曦觑着眼，撞见陈玦静静地望牢她，充满爱怜。她一笑，陈玦耳后火辣辣地疼。

　　"醒了？送你回去吧。"他迅速转过身，慌张地向门口走去。

　　莫名的力量促使林曦从沙发跳至他背后，又紧紧箍住。

　　"你也瘦了好多。"她心疼起来。他试图挣脱，却好像如何也甩不开她，只好一动不动。

　　很久以后林曦缓缓松手，褪去亵衣，暖黄的灯光足以看清一丝不挂的身体。

　　"你疯了。"他暴怒，扭灭灯，瞬间扯下窗帘，包住她的身体，扭过

214

脸去。一系列动作后，他的呼吸急促而浑厚："你是好女孩，不必要搞成这样，你我之间很不可能，也不可以。"

"好女孩就要克制吗？你明知道我喜欢你，需要你，我不信你的血是冷的。"她试图去解他的领口。

"根本不可能。"

"但我的一切都是你给的。"

"乱讲，那是你自己努力所得，与我无关。你穿好衣服，以后就会明白今天的一切是对的。"他推门而去，消失在无尽的漆黑里。

林曦呆呆立在空荡的工作室，年纪轻轻，却是枯骨之余。对她而言，那夜真的太漫长，太难熬，每一秒都像是时间的指针从身体里刺过。

自那以后，陈玦很少出现在校园。林曦也不刻意找他。偶尔有讲座，林曦怅坐一隅，痴痴望牢他，再安安静静退场。有时台上台下，四目交错，他愣在台上，久久灵魂难以归位。林曦有段时间戒了画画，也不看展，将与陈玦有关的一切物品统统锁在柜中。她亦常有犯罪感，陈玦的妻子几年前，在办离婚手续时中风，半身不遂好几年，林曦一早知道。

决裂是在那天。

林曦恃宠生娇，当街拦他："明明想我，何必躲我？"广州美院，人群熙攘，所有脚步都在这刻升格。

"林曦，你做什么？"陈玦亦不能掩饰情绪。二人目光凝视，气氛紧张，一触即发。

"我已成年，可以和你一起照顾师母。"林曦拽住他的方向盘。

"你不要乱讲，我跟你永远没有可能……我实在没有办法向你爸爸交代，他对你自幼钟爱，珍若拱璧。"陈玦终于讲出心里话。

"你为什么总要向别人交代什么？你对自己没有交代吗？"她讲的没错。

"我至少要向你交代。"

"那就要了我。"

"胡闹，你走吧。"

"很对不起，最恨拖拖拉拉，想和你在一起，是你自己不愿意。"

陈玦推开车门，恭送她走。

夜幕拉开的校园，林曦从短暂的、仓促的眩晕中清醒过来。灯火明明灭灭，她泪眼蒙眬地瞪着陈玦行驶的方向，以抽刀断水的决心在心里发誓："再也不要见面。"

（四）

有人告诉林曦，距离与时间能疗愈伤口。

从地理及心理上讲，离开陈玦是林曦最远的启程。

到美国后，父亲花钱给林曦找到学校，攻读文学，以她的天资与努力，很快又是校园里的佼佼者。到底是张鲜活的白纸，林曦决定，以印象派画法，将自己人生画得丰满一些。学习之余她为当地杂志拍摄，写作，去小镇画画，喂马，重新见证坚实友情，旷达梦想。

陈玦得知林曦在美国一切安好，即甘又苦，但已落得良心安稳。有天林曦拨了一通越洋电话，问："我走了，你是不是很轻松？"

陈玦在帮瘫痪之妻换被褥，平静地回："正忙，你在国外好好生活，画笔不要丢下，珍视自己的才华。"

"好，承你吉言，我既然会为你饮下最烈的酒，也能熬过没有你的漫长寒冬，我不会再见你了。"到底年轻任性，林曦有些难过，想自己是假装无所谓，人家原是真不在乎。不过她很快便想通"不过蜻蜓点水的记忆，人生漫长，总归会过得很好。当初要死要活，现在照样吃吃喝喝。"异国天空下，林曦嘲笑自己。但她不知，一夜无眠的陈玦，看着她曾经稚嫩的画作，又红了眼。

如果说与陈玦是在错误的时间错误的地点错误的相识，那么与同年同月同日生的笪轻相遇，算是恰逢其时吧。

同一笔奖学金，室友买了巴宝莉，而林曦，用这笔钱去欧洲旅行。

莱茵河畔的清晨六点半，河面泛着霞光。木椅上的林曦从昏睡中醒来，她身上莫名盖着一条湛蓝色围巾。晨光里身材高大的黄皮肤男生，在木椅旁的地上翻着书。

"你醒啦？是中国人吗？"英文流利，鼻子通红。

她起身，揉眼，再摸口袋，钱丢了，手机丢了，该死，仅有的一包烟也丢了。林曦只记得自己从法兰克福博物馆出来后，迷路了，然后买了啤酒与鸡腿，接下来就不省人事。

"我叫笪轻，来自中国大连。"这句话他分别用英文，德文，日文，以及中文说了一遍。

"讲中文吧。"林曦翻了个白眼，又饿又累的样子。"很糟糕，我的行李箱不见了。"她无可奈何。

"那你有地方住吗？"笪轻问她。"如果没有，带你去找 Hostel。"

宿醉的林曦瞪大眼，并不讲话，许久才吐出一句：Homeless。

笪轻点点头，彼此彼此。

"你也被抛弃了？"她问。

"刚失恋，出来走走。"他跑到就近的便利店弄来一些食物与水果，还有烟、口香糖。"女孩子，抽烟不好，但我劝你肯定会遭嫌弃，那么，买点水果照顾你的皮肤。"他拧开一瓶纯净水，递给林曦。林曦鼻子一酸，突然想起陈玦，那个永远只会让她好好照顾自己，却吝啬得一点爱情都不给她的人。她认真盯着笪轻，说：Homeless2 号，谢谢你。

笪轻一愣，这样明媚的早晨，让他只觉寂寥。

少男少女异国相识，很快熟络起来。

笪轻在北欧留学，靠给人代购换得生活费，会讲流利的挪威语及英语。他热爱音乐与旅行，有时为 Hostel 打杂换得免费食宿，不折不扣的 Houchsurfing。不介意在 Airbnb 和陌生人拼房，有廉价机票时一般在机场随处打个地铺就睡。他在路上认识世界各地的朋友，随时有床睡，有饭吃。

两名 Homeless，在长椅上聊了整整一天，饿了吃面包，渴了饮水，至于聊些什么，谁在乎呢。毫不讳言，笪轻喜欢林曦，这社会，又不富有，还能到何处寻找一聊便可一天的异性。

"反正无家可归，不如和我一起去朋友家蹭吃喝吧。"眼见天黑，笪轻又提议。

林曦并不回答。

"我没钱请你住酒店。如果你不介意，只能陪你露宿街头。"笪轻摊开钱夹。

林曦为自己莽撞赴欧洲旅行感到后悔。

"这个笪轻是中国人，看起来确实不坏，而且护照明明显示与自己同年同月同日生，缘分至此，不如顺命，天涯路远，明朝分开，谁也不认识谁。"林曦说服自己。

当天晚上笪轻带林曦逃过火车票直奔杜塞，在朋友家蹭过晚饭。士饱马腾后，二人去看球赛，接下来几天笪轻邀请林曦在德国穷游几天。

"这是男人的城市，怎么会那么想来这里？"在柏林东区的画廊，笪轻问她。

"不知道，就是喜欢吧。"林曦恍惚。陈玦喜欢柏林，说它沉静严肃，又仿佛充满剧烈撞击。陈玦当然没有亲自见过，但林曦来代他体验。

从柏林犹太人博物馆出来，彼此十指紧扣，当二人意识过来，各自面红耳赤，迅速松开对方的手。

"参观犹太人的博物馆真是一次残酷的考验，这种切肤之痛让人猝不及防。"

笪轻却握着参观票说："学生票 25 元，还真不错。"

"如果换作陈玦，一定又是一堆学术性的见解吧？"林曦想，她轻轻挽住笪轻的手臂。笪轻又是一愣。

多巴胺作祟，某个晚上，两名 Homeless 差点交颈而眠，但事件止于笪轻吻了林曦。

直到黎明，二人惊魂甫定。

"对不起，就是感觉和你在一起很特别。"送林曦去机场时，笪轻一直道歉。

"你又没错，我也喜欢你。"林曦将新的双肩包甩在肩上，云淡风轻地讲。

分别时，笪轻将自己钱夹里的现金分了一半给林曦，送到林曦耳边的，还有一句，等我去美国找你。深情至极。

<h1 style="text-align:center">（五）</h1>

孤独是豢养于心里的小怪兽。

室友很快结交新男友，林曦又变得形单影只。她早发誓不再给陈玦打越洋电话……

勤工俭学几个月，笪轻想去哥本哈根，自作主张买了林曦的票。

"Homeless，想听爵士吗？"他打长途电话给林曦。Homeless 是林曦和笪轻对彼此的称呼。他喊林曦 Homeless1，她喊笪轻 Homeless2。

"我好像没有假期。"林曦推辞，实际她想静心画画。但笪轻的邀约令她纳罕，毕竟匆匆一瞥，一直以为江湖路远，后会无期。

"这样啊？那我只好退了你的机票"笪轻惋惜。

"好。"

洁白羽绒枕上，回忆纷沓。

　　翌日，林曦拣了背包奔向机场。这段关系对林曦而言，如一道未解的方程式。

　　林曦最嫌长途飞行，一路唇焦舌燥。一见笪轻，她又期艾："你没事叫我来哥本哈根做什么？我忙得很。"

　　笪轻还是老样子，皮肤光洁，笑容温暖。双肩包，大耳机，休闲的印花T恤和牛仔短裤，仍旧是那双已穿多年、蓝白相间的硫化鞋。

　　"我们的小 homeless1 一路劳顿，辛苦了。"他摘下花哨的变色太阳镜，紧紧抱住林曦。这个避而不及的拥抱，让原本面无表情的林曦柔软起来，这拥抱叫人想起那个雨夜，想起陈玦的心疼与呵责。

　　该死，说好遗忘。

　　"遇到你，我像遇到另一半自己。"那个夜晚，笪轻赤裸上身从背后拥住她，久久不肯松开。"糟糕，好困。"林曦推开他，钻进被窝。

　　林曦喜欢轻食与素食，笪轻喜欢肉食，二人在食物选择上存在巨大分歧。笪轻说："世间冰冷，热量吃下去，才会得热情。"

　　笪轻爱看林曦大快朵颐，尽管她总是一箸青菜即饱。

　　哥本哈根音乐节，一对 Homeless 在阳光下饮酒，听爵士，此起彼伏的音乐让人绵软而迷茫。有时遇到同时熟悉又喜爱的曲子，二人激动欢呼，当街拥吻。林曦在午后的人造沙滩沉沉打盹，笪轻去买啤酒。他轻吻，她便醒来，然后漫无边际地聊天，人文、地理、人生、梦想，什么都聊，唯独不聊爱情。

　　"你为什么一直在旅途？"林曦问。

　　"人生本来就是独自行走的旅程，谋生也谋爱。"笪轻说。"否则怎么可以遇到你？"笪轻抱住林曦。

　　相比爱陈玦，笪轻给的这份爱让她倍感轻盈，尽管他从未开口说爱她。

离开哥本哈根那日，笪轻将身上仅有的几枚硬币交给街头乞丐。

"流浪汉是这座城市最温暖的一群人。"

"为什么？"

"因为他们吃过真正的冷暖啊。"

林曦觉得笪轻十分奇怪，有时桀骜落拓似浪人，有时深情无措似稚子。

"嘿，你好像只有盔甲，却没有软肋啊。"她揶揄。

"以前没有，现在有。"他捧过她的脸，一吻再吻。

林曦感喟，自己何其幸运。

（六）

异地两年。

那是林曦生命中最惬意的时光。

两名 homeless，他们有时一掷千金，有时不花分文，逛遍亚欧名胜，享受免费音乐，有时去夜场请陌生人喝杯啤酒，有时在旧书档一蹲半天，逛美术馆，喝露天咖啡，在公园走到脚底脱皮，然后在酒店躺一整天，看老电影，睡觉。

笪轻舍得用自己打工薪资，为林曦买一张交响乐会门票；也愿意花很多晚上排队抢限量公仔寄给林曦；他会心血来潮带乔装打扮的林曦去男人咖啡馆看球赛，并在皇马输给了巴萨时抱着林曦难过很久。他拽着林曦大街小巷找美食，"热情起来，膨胀起来，吃了才有力气走天涯啊。"他箍着她的脖颈，边吃边讲。

两个自诩灵魂无依的 Homeless 都特别努力，学习，打工，赚钱，以换得更多一起旅行的机会。恋爱期间他们去梵蒂冈，塞纳河，泰姬陵，去一个个地理位置上可找得到的地方。

林曦以为自己皈依于笪轻的爱。简直高估自己。

那是在伦敦，偶尔的一阵过云雨，洒下泪花一般的温情来。笪轻和林曦四仰八叉地躺在小旅馆，每次见面，对于新了解的文学与电影，他们如数家珍。

笪轻为林曦冲咖啡，削水果，弹吉他。

"升学快乐！"笪轻将一把崭新的吉他递给林曦，同时递过去的还有一只精美的安全套。

"谢谢你，Homeless2，可我不太会。"感受着窗外的湿冷，林曦感觉透不过气来。

"教你。"笪轻看着林曦湿漉漉的头发直入迷，"算了，不教了。"笪轻何等强壮，肌肉健美，看看已叫人满足。

"怎么教？"林曦挑逗。

夜色漾开，他滑动的舌尖让林曦感到绵软而清甜，林曦一丝不挂地躺在床上，任由笪轻抚摸、轻吻她的每一寸皮肤。

笪轻试探性地进入她，林曦触电般闪躲。她闭上眼，一颗泪滚下，床单上的泪渍，刺痛了笪轻。林曦别过脸，低声讲："一直以为时间可以治愈一切伤口，可对我而言你对我越好，越凸显旧日伤口。"

"好。一定要守礼，才有下一次。只是我很奇怪，你到底有什么伤口不能让我知道。"笪轻替她穿上衣服。

那夜，两人背靠背和衣而睡，翌日天亮，林曦打车直奔青年旅馆，"别来找我了。"林曦留下字条。那就各玩各的，果真不再联系。

离别前的机场。

服务生递上的咖啡半冷温吞，林曦未饮一口。

"对不起，我叫你失望。"

"怎么会，我相信快乐时光，和你一起度过，不枉一生。"笪轻苦笑。

"我不相信快乐可以维持一生，都会失望。"

"你太悲观。"

林曦轻轻拥住笪轻，就像当初陈玦抱着她那样云淡风轻。

笪轻的吻，掺着柔软与不舍，林曦曾经纳罕，一个男子，怎会有这样的柔软丰唇。

"林曦，我的软肋是你。"他说。

林曦摇摇头。

谁也没有讲出道别的话。

同年，林曦光滑的脊背多了一道刺青：Homeless。

（七）

再没人喊过林曦"Homeless"。

毕业后，林曦在某杂志社任职一段时间。旅费赚够后，她下定决心去一趟意大利南部。这个地址被她誊抄无数遍，长途跋涉，林曦在饥饿与疲惫中挣扎地敲门。

"谁？"意大利语，门未打开，声音先送出来。

隔着悠长岁月，隔着那么多眼泪，她仍认得这个声音。

累累满墙的花串齐膝高，门被推开，母亲已胖得不成样子，曾经紧致柔润的脸已有些许松垮，衣衫破旧，不用讲，也知道，过得十分委屈。

"曦曦，你怎么突然跑来，你爸爸呢？"妈妈圆大悲哀的眼睛充满彷徨，悲欣交集的样子又令她难受。

"里昂，我女儿曦曦。"妈妈介绍。

继父不冷不热地与不速之客打过招呼。

她盯牢继父怀里粉嫩的肉团。

尽管当初说了有各自的路要走，但此刻她已泪盈于睫，甚至有点嫉妒粉嫩小肉团。双肩包和行李箱狼狈地立在门口。

在飞机上、火车上，林曦设想过无数种重逢场景。

如今屋里亮着暖黄的灯，妈妈就站在家门口，但这和她想象的家不一样。

"你先进来。"母亲看着自己又瘦又黑的女儿，泪水滚下。

原有一万句话想说，事到如今，全鲠在喉。

"不进去了，就是路过顺便看看你，好，看到了，我放心，妈妈，我先走了。"她拉着行李逃也似的，妈妈在后面追。"曦曦，曦曦……"一声弱过一声。

躺在旅馆，窗外一片黑暗，使她心如止水。

林曦又给陈玦打越洋电话："老师，我回国好不好？我去找你。"

他不假思索："在国外发展好好的，我认为没有必要再回来。"林曦怅然若失。她能听见陈玦传在话筒里的话，却看不见他滴在心里的泪。彼时，陈玦的妻子刚去世，他只字未提，她一无所知。

"既然什么都给不了她，为何还要消耗她？"陈玦从来这样告诉自己。

"既然无家可归，那就干脆从流飘荡吧，反正没有顾虑，反正还剩点钱。"林曦决意不再回去。

说走就走，年余，林曦走遍亚欧大陆及非洲。曾在瑞士车站席地而睡，饮过日本公厕自来水，在印度被洗劫一空，差点在比利时被强奸，她在俄罗斯被送进警局……总之在那样的跌宕中熬过来了。

"既然不能在一起，那就相忘于江湖吧。"多数时候，想起陈玦，林曦心中阵阵悲戚。

走了那么远，林曦依旧一无所有。

林曦在昏暗的黎明醒来，同行的旅行者已不见踪影。她突然迷茫，怎会来到这个陌生地方？举目无亲，茕然一人，若是死去，发臭也不会被人知晓。

走出小屋，阿拉斯加的路旁，她抬头，鹅毛般的大雪自天上飘下，世界满是天然糖霜。林曦摸了摸背包里装着的一支柯尔特M191，直到太阳升起，一辆卡车缓缓停到路旁。

"上车吧！姑娘。"年轻的中东小伙操美式英文。

"你可以帮我吗？"林曦瑟瑟发抖，已没有攀爬的力气，小伙跳下车将她扛到座椅上。

"旅行？"小伙问。

林曦点点头，又摇摇头。

"为什么来这里？"

"说来话长……"她已没有余力，昏昏睡了过去。

车内放着音乐：

The radio reminds me of my home far away

And driving down the road I get a feeling that

I should have been home yesterday,yesterday

West Virginia,Mountain mama

Take me home,Country Roads

……

他停下车，将外衣脱去轻轻盖在林曦身上，其实她已醒来，只是没有睁开眼，嗅着外衣上陌生的气味，林曦讲："帅哥，谢谢你捡起我。"

小伙子笑笑，我的荣幸，他说。她仔细打量小伙，年轻得很，络腮胡子，轮廓分明。

林曦扭头盯牢后座的雷明顿半自动来复枪。

（八）

他叫 Mahone，土生土长的土耳其人，比林曦小五岁，性格随和，似乎受过良好教育，对人天生一片殷勤。几小时车程，两人聊得挺投契。

聊到旅行，Mahone 态度转变："应该控制在安全范围内，要不是我刚好路过这里，可能带走你的就是棕熊。还有，还有，我可不是什么旅行者，我有正经工作。"看，在他看来，旅行不算正事。

"搞不懂你们，能在自己的家乡生活，多美好啊。到处跑，能得到什么呢？"他一面开车，一面用手在脚下掏着什么，"我看你嘴唇干裂，最好来些汽水。"

林曦瞪他，并不接过汽水。"Mahone，你不喜欢我，大可将我轰下车，扔在荒凉的公路上。旅行就是罪魁？未免太过狭隘。"

"喔，对不起。看样子你需要一些食物。"他将车停下，去后车厢搬了一些食物出来。"吃吧，食物让你安定。"

车开到市集他说："我带你去找警察。"

"不去找警察，也不去收容所。"林曦蜷在车内。

"可怜的 Homeless，那只能去我家。"

听到 Homeless，林曦莫名难受，强抑无效，索性大哭一场。他被吓坏，羞怯又惶恐。"只是提个建议，那么我现在送你去收容所。"

"还是去你家，你得管我吃饭和睡觉。"林曦抹了泪水，下意识地摸了摸包里的枪。

"当然。"

Mahone 让出房间，打开暖气，叮嘱几句便关门而去。"我在外面睡沙发，这个门你可以锁，锁了我无法打开。"他钮动门把，向林曦示范。林曦嗤笑，心想，多少困境都已过来，你乳臭未干，奈我如何。

半夜开门，客厅电视开着。Mahone 熟睡的样子十分可掬，林曦胃里空空，蹑手蹑脚走向厨房。酒瓶打翻，惊醒 Mahone，他镇定机敏，迅速抓条毯子盖住肌肉发达的上身，Y 形胸毛隐隐约约。

"我只是饿了。"

"别担心，我来！"他裹上外衣钻进厨房，手忙脚乱。约莫一刻钟，端出一碗通心粉碎片。"家里只有这些，明天我们去饭馆吃。"将食物送进房间，他又关上房门出去。

"喂，碗放在房间，明天我来洗。晚安。"他又敲开门。

"我们聊聊天吧，孤男寡女，相识就是缘分，同居一屋，总有权利知道对方底细吧。"

他犹豫片刻，转身说："好吧，刚好明天不上班。"

Mahone 是穆斯林，五年前被学校开除，开除原因是救了学校一名女孩，却被诬告强奸，莫名进了监狱，妈妈受不了别人指指点点，在伊斯坦堡自尽。退学后，Mahone 尝试在家乡做一些生意，但因为"强奸犯"身份，不被接纳。从此，过上四处漂泊的生活。

"很遗憾，你并没有得到主的庇佑。"林曦情绪不平。

"我活着，还要什么庇佑。来美国，这里没人认识我，我很轻松。"回忆过去，Mahone 淡然。又是一个疗伤人。

物伤其类，林曦思来想去随意编了故事打发。

"我被丈夫抛弃，离家出走，不再相信爱情。"

"所以你一直旅行，要忘记过去，寻找相信？"

"是啊，陌生的城市，试一试。"

"我们一样啊，放心吧，你会快乐。"Mahone 信以为真，握住她的手，请她相信爱，相信他。

Mahone 才是无家可归的 Homeless 啊。

林曦十分难过。

（九）

Mahone 温顺温情。

从不吃夜宵的他，特意根据林曦口味，去华人超市采购夜宵食材。林曦白天会去周边城市转转，拍些照片投给杂志，晚上再回到家，与 Mahone 一起用餐。

"反正都是流浪，哪里亦无所谓。"林曦决定，暂时以朋友身份，与 Mahone 生活一处。原本普通拥挤的房子，被林曦涂涂画画竟"装修"十分舒适有趣。Mahone 对林曦赞不绝口。他也让人感到安定，舒适。

林曦那支枪也没再摸出来。

他通常做好早餐再上班，林曦有时会步行几公里去接 Mahone 下班，晚上蜷在沙发里看电视，有时也聊宗教信仰，尽管林曦常常心不在焉。Mahone 生活单一，工作，祷告，养花，做手工。钱也够用，如果可以，再找个心爱的人平静过生活，他说。林曦跟着 Mahone 吃素，Mahone 担心林曦身体吃不消，搬来成箱免治牛肉，又叫林曦想起笪轻，他极爱免治牛肉。Mahone 常从路边捡回受伤的动物，养几天，痊愈了再送出去，林曦乐意帮忙。

Mahone 会织毛衣，这是让林曦不敢想象的技能。他为林曦勾织各种毛衣，筒袜。

"Mahone 我的袜子放哪了？"

"洗干净了，在第三个抽屉。"

"Mahone 回来可以帮我带一张唱碟吗？"

"下次一起去吧。"

"Mahone 你在家里吗？"

"是的，我在。Cindy，我在！"只要林曦需要，Mahone 从不缺席。

Mahone 每日虔诚"五时礼"。敛容屏气，头发胡髭修剪整齐。

"主让你颠沛流离，你还祷告做什么？"林曦问他：

"不好的遭遇并不影响我坚守信仰。"

"我就喜欢你这样，经过这么多，也不曾怨天尤人。"这是玩笑，也不是玩笑。

一日天不亮，Mahone便出门送货。

林曦洗晒好被子，打开电脑，却意外得知陈玦妻子早已去世。整个上午，她心海翻腾、坐立不安，整整一日时光，坐在原地一事未做。临近黄昏，她鼓起勇气拨打越洋电话，确认消息属实。

谁说吃一堑长一智？正想重蹈覆辙。

邻居太太敲开门。

林曦系着围裙，显然正在烹饪。

"Cindy，Mahone出车祸了，你快去镇上看看！"老太太单身一人，身体十分矫健，总着艳丽服装，平日对林曦照顾有加，说林曦是她想象中的女儿。老太太此刻面如土色。

瓷碗坠地，林曦脑底一片空白。

"消息属实，你快去，开我的车。"

她手足无措，痛到无法呼吸。

赶到Mahone工作的地方，林曦到处找人打听消息。始终不见Mahone遗体，会不会在医院？她脚似灌铅，如何也迈不开来，眼前一黑，晕厥过去。

不知过了多久，她醒来。Mahone怀抱着她。

"怎么回事？难道已共赴天堂？"

见Mahone真真切切，林曦破涕为笑。

"我以为你死了。"

原来，Mahone那日去买求婚戒指，托同事帮忙值班送货。很不幸，车子抛锚，同事连同货车摔下石崖。林曦见救援队从湖中打捞起的废车，红肿着眼。就是当初 Mahone 在雪地捡起她的那辆车。

Mahone 休假两周，他沉浸在一种不可逆转的悲伤里。林曦也是。

担心陈玦，令她如坐针毡。

挑个时间和 Mahone 告别吧，总是要分开的，等他情绪好一点。她告诉自己。

一个阳光很好的早晨，Mahone 早早从镇上返回。

"Cindy，你穿好衣服出来一下，我有事情对你说。"

"什么事情？"林曦睡眼惺忪，而 Mahone 看上去气色不错。

"我想好了，我们结婚吧，我们不要分别。"他从身后掏出玫瑰。

"什么？"林曦骤醒，玫瑰已到她手中。

"你愿意吗？"他单膝跪地，捧上戒指。

"我不愿意。"林曦讲得清清楚楚，可她战栗。

"为什么？"

"因为……我并不是穆斯林。而且我已经有了丈夫，我还比你大那么多，我是你姐姐。"

"你不要骗我，他并不爱你。"

"你知道什么？你胡说什么？"

林曦并不糊涂，她没办法否认 Mahone 讲的事实。

"所以我没有力气再爱你了。"她疲软。

"我可以爱你。我发誓会照顾你。"他站起来，胡髭贴近林曦，年轻炙热胸膛，烫得林曦喘不过气来。

"如果发誓有用，还要爱情做什么？好吧，正好不必骗你，我要回去了，美国毕竟不是我家，也不是你家。我想回我自己的家。"林曦倒情绪激动起来。

"我有家啊，我打算带你回到土耳其，我家在两山之间，美丽无比，我敢肯定你一定喜欢。"近乎哀求。

230

"没有办法，我根本不喜欢你，不要强求。"

一阵僵持，林曦要死要活。

"好吧好吧，我不强求你。"Mahone 又缓缓蹲在地上。

林曦走过去轻抚 Mahone 凌乱的头发。

"我尚有更重要的选择，鱼与熊掌不可兼得。"

临别时，Mahone 将林曦送到机场。

"Cindy，如果他不要你，我去中国接你。"

林曦心海翻腾，却极力冷静。

"Mahone，我感激你，主会保佑你。"

年轻的男孩，默默淌着泪，目送心爱的女孩去寻找旧爱。他可能想过，一别会是永远。

林曦内心复杂，像是逃逸某种羁绊的黯淡欣喜，亦像扼杀新生的噬脐无及。她不敢回头看 Mahone，即便心如刀绞，这段插曲式的感情及林曦的歉意终会消散于这片薄暮中。

（十）

2009 年，陈玦办了此生最后一个画展。我得以初见林曦，彼时她从北美回来。

林曦回来后，陈玦的笑容多了，话却依旧不多。

林曦将行李扔在陈玦家，又去香港大学读哲学。我曾问陈玦，为何永远不选林曦。他总避而不答。

"喜欢一个人，绝不应该耗费她的光阴。"

当然，这是我据陈玦一言一语猜出来的。

他常说，想出去走走，看看外面的世界。但却迟迟未动身。林曦从香港回来后，不再恣意任性，更不会在深夜去找陈玦。

　　"全世界绕了一圈，还是家乡最动人。"言表之间都是满足。她说，现在比以往任何时刻都明白失去的意义。

　　凡有人赞扬林曦，陈玦极力将欣慰之情掩于心底，却又总不慎溢于眉梢。

　　林曦在 MSN 上骗 Mahone："我找到我的幸福啦。"

　　"我很难过，你不要跟我说。"Mahone 从不伪装。

　　"我的情感已耗尽百分之九十，只留一点给你不公平啦。"

　　"公平，我给你百分之百啊。"

　　那晚林曦梦见 Mahone，以前她的梦中从未有他。依旧是认真求婚的样子，赤诚得让人害怕。

　　世事难料。2010 年，Mahone 死于加州，还是车祸。

　　"何必打扰，我是一个被掏空了的人，剩下的百分之十，我想留给自己。"她说。林曦未见他最后一面。

　　不可避免，关于陈玦与林曦的各种猜测纷沓而来，即便他们止于师生关系。实在看不下去，我开陈玦玩笑："你们不是没有感情。互相折磨累不累？"

　　"我是一个快老的人，她的前途不该终止在我这里，至于其他，任由别人去讲。"

　　年余，陈玦再婚。对方是一名与他年纪相仿的售货员。

　　林曦最后得到消息，她比我想象的平静。陈玦的婚礼上，我最后一次见到林曦，她显然从海边回来，梳马尾辫，手臂与腿晒至蔷薇色，额角与颈部红通通，健康明媚。她谈笑生趣，愉快得很。我想，不再崩溃就对了，走过千山万水，阅尽无数风景，那些由爱带来的，深深浅浅的伤感伤害，早已深埋于心底了吧。

林曦成熟了，所有人都说。

可成熟有什么用？到底还是任性，总要不告而别。

2013 年，吞食过量安眠药的林曦在摩洛哥一间 Hostel 安静离去，未留下任何遗嘱与遗产，行李箱内只余一支画笔、一本手账，一双针织筒袜。

"你说余生漫漫，我还会遇见很多人，可是你不信，我这辈子再也无法爱别人。"

手账翻至最后一页，陈玦泣下沾襟。

从香港到摩洛哥，是他此生最远的跋涉，也是对于爱情唯一的尝试。

后记

2015 年在吉隆坡定稿时，我写了很长一篇后记。等到这本书几经波折终于出版，思来想去选择将那时感受一键删除。感喟，感激，想讲的话都在心里，在书里。犯过错，谢谢你们原谅。我一直不好，但会努力。

谢谢每一位曾经帮助过、信任过、爱惜过我的你。你们是我生命里，得到的馈赠。

谢谢你们对我的帮助，也谢谢你能看完这本书。

感谢弟弟黄林清，极尽所能替我遮挡风雨。

感谢爸妈，感谢十年饮冰，不凉热血。

黄霖

2020.9.1 厦门